Verraai

deur die

Liefde

Pieter Odendaal

Malherbe Uitgewers Publikasie

Outeur: Pieter Odendaal
Omslagontwerp: Malherbe Uitgewers
Geset in Franklin Gothic Book 12 pt

Alle regte voorbehou
Kopiereg ©Pieter Odendaal
ISBN 978-1-991455-17-8

Eerste Uitgawe 2024

Hoofstuk 1

Adam ry stadig uit op die stil grondpad. Hy het klaar besluit en mag nie toelaat dat enigiets hom nou van plan laat ver-ander nie. Hy het soveel opsies oorweeg, maar sovêr is hierdie een die enigste een wat sin maak. Hy is moeg, moeg gehoop, moeg probeer en moeg gewerk van ligdag tot ligdag met kwalik genoeg slaap. Gisteraand het hy niks geslaap nie en genoeg tyd gehad om deeglik oor alles na te dink. Hierdie is die enigste oplossing. Dan hoef hy nooit weer iemand in die oë te kyk nie.

Gelukkig is sy ou moedertjie nie meer vandag hier om alles te aanskou nie. En ook nie sy geliefde vrou Irma nie. Hulle was skaars twee jaar getroud toe sy oorlede is. Dit was sonder twyfel die twee gelukkigste jare van sy lewe. Hy verlang skielik na haar, haar sagte stem, haar lag. Sy was altyd sy dryfveer.

Adam voel so skuldig teenoor sy werknemers en aan die ander kant magteloos. Hy is agt-en-twintig jaar oud, die eienaar van 'n bankrot maatskappy. Die maatskappy het net mooi begin groei, toe kos een flater hom miljoene rande.

Oom Jan het hom gewaarsku om eers goed navorsing te doen voordat hy die kontrak teken, maar vir hom het dit gelyk na die beste kontrak ooit, net wat Adams Logistics op daardie stadium nodig gehad het

1

om naam te maak. Plaas dat hy maar geluister het, maar gedane sake het geen keer nie. Niemand is bereid om 'n klein maatskappy soos syne van bankrotskap te red nie of aan hom 'n lening toe te staan nie. Dalk is die risiko te groot.

Daar was wel een maatskappy wat 'n mate van belang-stelling getoon het; Winstra Logistics, maar gistermiddag het hulle net skielik laat weet dat hulle nie meer die lening sal kan toestaan nie weens ander verantwoordelikhede. Dit was die laaste spyker in die doodskis vir Adams Logistics.

Die maatskappy se geldsake het oor die laaste elf maande so versleg dat hy alreeds tientalle werknemers moes laat gaan. Tientalle gesinne sonder inkomste. Meeste van hulle was goeie en getroue werknemers. Veral oom Jan. As hulle maar net weet wat dit van hom geverg het om hulle mee te deel dat hy nie meer langer kan bekostig nie.

Sal hy ooit die verwyte in party van hulle se oë vergeet. Hy voel reeds hy het hulle in die steek gelaat.

Daar is nie eers meer genoeg kapitaal om dienste te verskaf waarvoor hy reeds kontrakte het nie, wat staan nog salarisse. Na maande van vergaderings met verskeie ander maatskappye, is hy steeds nog net waar hy was. Enkele kere het dit gelyk asof daar hoop is, maar as hulle eers deur al die boeke gegaan het, stop alles net daar. Die paar vragmotors in die vloot wat nog oor is sal verkoop moet word en hy sal daardie werknemers ook moet laat gaan. Om nog van sy getroue werknemers in die oë te moet kyk met die nuus dat die firma sy deure gaan sluit net omdat hy 'n paar jaar terug die verkeerde besluit geneem het: daarvoor sien hy nie kans nie.

Volgens die syfers sal daar na die verkoop van al die bates darem 'n bedraggie wees om die werknemers wat oor is elkeen 'n redelike bedraggie te gee sodat hulle vir ongeveer drie maande kans sal hê om na ander betrekkings te gaan soek.

Vir hom sal daar niks oor wees nie. Hy het reeds sy wense so per epos na die prokureurs gestuur.

'n Ander motor kom stadig verbygery vanuit die teen-oorgestelde rigting. Die man kyk nuuskierig na hom. Adam is egter skaars bewus daarvan. Hy het hierheen gekom met een doel en gaan nie toelaat dat enigiets hom van plan laat verander nie.

Hy hou langs die pad stil en klim uit. Met geboë skouers haal hy die pype uit die kattebak. Hy moet deeglik by sy plan hou, daar moet geen uitkom kans wees nie. Na 'n rukkie se gespook slaag hy daaraan om die dik pyp oor die motor se uitlaatpyp te kry. Hy voel-voel na die botteltjie pille in sy sak. As hy dit ook eers in het sal dit makliker gaan, maar dis nie meer in sy sak nie. Dit moes iewers uitgeval het. Hy maak weer die motor se deur oop, voel met sy hande onder die sitplek en krap in die paneelkissie. Dis nêrens nie.

Hy besluit om weer om die motor te stap, dit moes iewers uitgeval het. Vir die tweede keer soek hy ook die kattebak deur, maar dis nêrens nie. Sy foon begin lui. Nee! besluit hy, vandag gaan hy nie hierdie foon antwoord nie, nie vandag nie en ook nooit weer hierna nie.

Leonie pak vinnig die skottelgoed in die skottelgoedwasser en vee behendig met 'n nat vadoek

3

oor die tafel waar hulle so pas klaar ontbyt geëet het. Dis negeuur in die oggend. Die son skyn heerlik buite en dis 'n mooi dag. Willem Verster; haar Pa, is reeds weg kantoor toe. Dit is Vrydagoggend en daar is baie te doen op kantoor so voor die langnaweek.

Sy adem die vars lug in. Sy is sewe-en-twintig en volgens haar vriende besig om 'n oujongnooi te word. Na 'n mislukte verhouding vyf jaar gelede het sy besluit sy is klaar daarmee, klaar met mans. Sy sien nie kans om weer deur so 'n teleurstelling te gaan nie. Sy was baie lief vir Jako Denver. Hulle het wonderlike tye saam gehad, maar eendag het hy haar net geskakel en laat weet dat hy nie meer met die verhouding wil voortgaan nie. Sy het aangedring op 'n verduideliking maar hy het net gesê hoe jammer hy is, totsiens gesê en die foon doodgedruk.

Dit was die hartseerste dag van haar lewe en dit pas nadat hulle reeds hul verlowing beplan het. Die gaste was genooi en alles gereël. Dit sou daardie betrokke naweek gewees het. So sonder veel van 'n verduideliking het hy eenvoudig uit haar lewe verdwyn. As sy net kon verstaan waarom. Was dit iets wat sy verkeerd gedoen het? Sy het daarna dosyne kere sy nommer geskakel in die hoop dat hulle dit kan uitpraat, maar daar was geen salf daaraan te smeer nie Dit was net die stem-pos wat gesê het hy is nie beskikbaar nie. Sy het boodskappe gestuur, maar die het hy ook nie geantwoord nie.

Sy was woedend en baie seer gemaak. Hy was haar ten minste 'n goeie verduideliking verskuldig. Dit sou tog dinge vir haar makliker gemaak het, of sou dit nie? Sy het later verneem dat hy getroud is met 'n skatryk model en iewers in die Kaap woon. Soos vanoggend weer, vang die eensaamheid haar. Niemand weet van die trane wat soms vlugtig oor haar wange loop as sy alleen daarbuite of vanaand alleen in haar kamer lê nie. Al wat sy oorgehou het, was hulle herinneringe saam hier op die landgoed. Soms bring die herinneringe vir haar 'n mate van troos.

Vandat sy permanent hier op die landgoed saam met haar ouers woon het sy die blomtuin oorgeneem en dis waar sy elke dag haar tyd spandeer. Soms stap sy rond op die land-goed en besoek die plekkies waar hulle saam was.

Toe sy opkyk na die voortuin, trek 'n blink weerkaatsing haar aandag. 'n Motor het op die grondpad stilgehou. Sy frons. Dis eienaardig. Dis 'n stil pad en dis net hulle landgoed se mense wat nog daardie pad gebruik as 'n kortpad na die hoofpad. Sy sien iemand uitklim en die kattebak oopmaak. Dis 'n bietjie vêr om te kan sien wie dit is en of dit 'n man of 'n vrou is.

Sy stap vinnig na haar kamer, raap haar verkyker op en drafstap terug na die venster. Dit neem 'n paar oomblikke om dit ingestel te kry. Nou kan sy sien dis 'n man.

Sy word yskoud. Kan dit wees? Is dit Jako Denver? Haar Jako wat sonder verduideliking sommer net so uit haar lewe gestap het? Dieselfde Jako met die blonde hare en die mooi blou oë?

Haar hande begin meteens bewe en haar hart gaan wild aan die klop. Sy laat sak die verkyker, want sy bewe nou so dat sy skaars gefokus kan kry. Sy sluit haar oë vir 'n paar oomblikke en laat sak haar hande langs haar sye in 'n poging om beheer oor haar emosies te verkry.

Dan lig sy weer die verkyker. Die persoon is besig om terug te klim in die motor. Nou kan sy hom nie meer mooi sien nie. Natuurlik, dink sy, dit moet natuurlik Jako wees. Wie anders sal hierheen kom. Is hy dalk op pad hierheen? Hier na haar toe?

Sy sit die verkyker hard op die tafel neer, draai om en drafstap terug na haar kamer. Sy plak haarself voor haar spieël neer, druk haar hare reg en gryp na haar grimering. Haar hande bewe so dat sy dit moeilik gaan om 'n bietjie grimering aan te sit. Sy kyk in die spieël na haar langbroek en bloesie wat sy aanhet. Nee, besluit sy. Daar gaan nie tyd wees om ander klere aan te trek nie. Sy druk haar hare reg, haas haar terug na die voorhuis se venster en raap weer die verkyker op. Die motor staan nog daar. Die man het weer uitgeklim en is doenig in die kattebak. Hy staan half geboë, dit lyk of hy na iets soek.

Sy begin twyfel. Kan dit Jako wees...? Jako was skraler, sy blonde hare effens yler, maar dis vyf jaar terug toe sy hom laas gesien het. Mens verander nogal in vyf jaar se tyd, besluit sy. Dis of daar iets treurig is aan die manier waarop hy daar staan. Vir 'n paar oomblikke staan hy peinsend na die motor en kyk. Sou daar fout wees met die motor? wonder sy. Die masjienkap is tog nie oop nie.

Oomblikke later stap die man weer terug na die anderkant van die motor, maak die deur oop en klim in.

Daar is 'n dringende drang in Leonie om die verkyker neer te sit en na die motor te hardloop. Sê nou net dit is wel Jako Denver? Sy bedwing haarself, bewus van haar bewende hande en haar bonsende hart. Sê nou net dis nie Jako nie? Dalk 'n wildvreemde man wat verdwaal het? Nee, dink sy, as dit Jako is kan hy mos hierheen stap as sy motor onklaar geraak het. Buitendien, besluit sy, dis hy wat sommer net so uit haar lewe gestap het. Skielik is dit asof daar so 'n opstandigheid in haar hart opkom. Gemengde gedagtes begin in haar kop maal. Hy sal hom wat verbeel om sommer net weer hier aan te kom na dit wat hy haar aangedoen het.

Laat hom kom, besluit sy dan. Sy hoop hy besef dat hy haar 'n ordentlike verduideliking skuld. Vandag is vandag Jako Denver. Jy beter 'n baie goeie verduideliking hê. Dit neem 'n rukkie voordat dit tot haar deurdring dat hy mos getroud is. Wat sou dan van sy vrou geword het? Het hy dalk besef hy het 'n fout gemaak en besluit om terug te kom na haar toe, na vyf jaar...? Sy weet nou nie of die gedagte haar moet bly maak of omkrap nie.

Ten spyte daarvan is daar 'n brandende begeerte in haar hart dat dit wel hy moet wees. Met haar hele wese wil sy hê dit moet so wees. Ja, sy is nog steeds lief vir hom en sal seker altyd wees. Hoe durf hy haar so seer gemaak het? Hoe durf hy net uit haar lewe stap... en dat net so weer terugkom asof niks gebeur het nie?

Sy bring weer die verkyker na haar oë. Hy bly nou in die motor sit. Sy frons. Wat is daar aan sy regterkant? Dit lyk soos 'n pyp wat van agter onder die motor deurloop. Dis eienaardig. Sy laat sak eers die verkyker, tel dit dan weer op. Toe die besef tot haar deurdring wat besig is om te gebeur, raak haar bene lam onder haar.

Willem Verster ry ingedagte kantoor toe, sy gedagtes steeds by die motor waarby hy oomblikke gelede verby gery het. Die man het so bekend gelyk. Sou dit dalk 'n gas van een van die landgoed se werknemers wees? maar dis 'n duur motor daardie. Hy trek sy skouers op. Dalk maar iemand wat verdwaal het. Hy hou stil voor die kantoor. Miskien moes hy maar daar stilgehou het en die man gehelp het. Dalk moet hy maar net huis toe bel en vir Elize, sy vrou sê. Mens kan nooit te versigtig wees nie. Na 'n derde poging om sy vrou in die hande te kry, gee hy op en besluit om vir Leonie te skakel.

Dit bly egter ook net lui. Dit maak hom bekommerd. Dalk moet hy maar gou terugry en net gaan seker maak alles is reg en hulle is veilig.

"Mariette!" roep hy sy sekretaresse. "Ek is nou terug." Hy haas hom na sy motor. Hy voel half onrustig oor die hele ding.

Leonie kom uitasem by die motor aan, haar blik gefokus op die man in die motor. Sy mag nie toelaat dat Jako sy eie lewe neem nie. Sy sal haarself nooit vergewe as sy nie ingryp nie. By die motor aangekom, sit die man leunend met sy kop terug teen die kopstuk.

"Jako! Jako!" skree sy, gryp die deurhandvatsel en ruk vinnig die deur oop. Die uitlaat gas wat reeds in die motor versprei het slaan byna haar asem weg. Dit laat haar terug steier en sy begin hoes.

Die man skrik en kom ook al hoesende orent in die sitplek.

8

Leonie gryp hom aan sy een arm en sleep hom half uit sy sitplek. "Jako. Jako, praat met my...!" roep sy ontsteld uit. Hy beland skouer eerste buite die motor op die harde grondpad. Sy sak langs hom op haar knieë en begin hom met haar een hand op sy rug slaan in 'n poging om sy hoesbui te verlig. Na 'n paar oomblikke slaag hy daarin om op te hou hoes en kom orent.

Sy trek haar asem in, leun in die die motor in en skakel dit af. Toe sy weer terug kyk, kyk sy vas in sy blou oë. Met 'n skok besef sy dat dit nie Jako Denver is nie. Na nog 'n hoesbui staar hy haar verbaas aan.

Teleurstelling spoel deur haar. Haar bene voel lam onder haar. Sy sluk-sluk aan die knop in haar keel en staar hom verstom aan. "Jammer Meneer," kom die woorde hortend oor haar droë lippe. Ek is vreeslik jammer. Ek het gedink dis...

Op daardie stadium hou Willem Verster ook langs hulle stil en klim vinnig uit sy motor.

"Leonie? Hy kyk na die man wat weer in 'n hoesbui uitbars. "Jako..., Jako Denver..." vra hy. Die man lig sy hand op en skud heftig sy kop. Willem kyk vinnig na sy dogter wat wasbleek na hom opkyk. Woordeloos draai sy om en begin terughardloop huis toe. Pyn van teleurstelling brandend in haar. Sy was so oortuig dis Jako Denver.

"Leonie! Leonie! roep Willem sy dogter agterna. maar sy hou net aan hardloop. Trane van teleurstelling stroom oor haar wange.

Minute later kom sy tot stilstand, haar asem brandend in haar bors. Nog 'n hoesbui van die gas in die motor oorval haar en dwing haar op haar knieë. Sy sluk teen die naarheid wat in haar keel opstoot.

"Nee..!" skree sy. Die teleurstelling in haar maak plek vir woede. "Jako Denver, ek haat jou! Ek haat jou!" roep sy uit. "Hoe kon jy? Hoe kon jy my net so los? Hoekom!" roep sy vraend uit, nie in staat om die seer in haar hart verder in woorde uit te druk nie. Die een huilbui na die ander volg en sy slaan met haar gebalde vuiste op die verrotte blare onder die boom voor haar. "Ek was so lief vir jou Jako. Ek het jou my alles gegee, my alles, my hele hart. Ons het soveel drome saam gehad. Hoekom het jy dit aan my gedoen!" roep sy uit

Sy voel 'n hand op haar skouer. "Pappie..." prewel sy, verblind deur haar trane. Sy nestel haarself teen sy groot bors. Voel hoe sy sterk arms om haar vou en hy haar styf teen hom vastrek. Sy voel die deining van sy bors en raak bewus van sy hygende asem. Hy moes agter haar aangehardloop het. Sy laat toe dat sy stille teenwoordigheid haar vertroos. Sy voel so veilig hier in sy arms. Tussendeur raak sy bewus van die reuk van die motor se uitlaatgas teen sy klere en maak haar oë stadig oop.

Sy skrik toe sy opkyk. Dis nie haar Pa nie. Sy kyk vas in die vreemdeling se sagte blou oë, lees die besorgdheid daarin. Geskok druk sy hom weg, maar wanneer sy terugtree, struikel sy oor 'n klip agter haar en beland hard op haar sitvlak. Hy is onmiddellik by haar, gryp haar hand en help haar op. Sy staan 'n entjie terug en staar steeds uit die veld geslaan na die man voor haar.

"Jammer Juffrou, ek is verskriklik jammer oor die hele fiasko. Ek het nie woorde om vir jou te sê hoe jammer ek is nie," begin hy verduidelik.

Stomgeslaan kyk sy weer op in sy seeblou oë wat effens rooierig van die gas in die motor met soveel deernis na haar kyk. Sy sien die bekommerde trek om sy mond.

"Ek kon nie help om te hoor nie," sê hy dan sag. "Jy was baie lief vir hom, vir Jako? Jammer ek het nie besef dat ek jou so sterk aan hom herinner nie...," gaan hy voort.

Hy kyk af in haar groen oë en sien die spore van die trane teen haar wange. Sy oë gaan vlugtig oor haar ligbruin amper blonde hare wat nou half deurmekaar op haar skouers lê. Haar onderlip bewe effens as sy afkyk en met haar kop knik.

Hy ervaar skielik hierdie dringendheid in hom om haar skraal lyf teen hom vas te druk. Eers huiwer hy, maar dan gee hy versigtig 'n paar tree vorentoe en vou haar weer sag in die kring van sy arms toe. Sy bied nie weerstand nie, kyk weer op na hom. Dit voel so goed om iemand se arms om haar te voel, dink Leonie en laat hom begaan.

"Leonie, my kind," hoor sy dan skielik haar pa se stem agter haar. Skuldig beweeg sy uit die kring van die vreemdeling se arms.

Willem kyk verbaas na sy dogter voor hom en dan na die vreemdeling by haar. Nie seker hoe hy die situasie moet opsom nie. "Ken jy die man?" vra hy onseker.

Leonie merk die verwytende blik op haar pa se oë wanneer hy vraend na die vreemdeling by haar kyk. Sy skud haar kop huiwerig. Dan tree die man vorentoe en steek sy hand uit na haar Pa. "Adam Le Roux," stel hy homself voor. Leonie hoor 'n heesheid in sy stem.

Willem huiwer eers 'n paar oomblikke voordat hy dan ook sy hand uitsteek. "Willem Verster," sê hy en beduie na Leonie. "My dogter, Leonie." "Aangename kennis, " knik hy.

"Hallo Adam..." antwoord sy sag en laat sak haar kop vinnig as sy die warmte oor haar gesig voel sprei. Sy kan nie glo sy het toegelaat dat hy haar so in sy arms vashou nie. Dis omdat sy so ontsteld was. Dit het net gebeur.

"Meneer Verster, Leonie, ek is jammer oor die hele ding. Dis my skuld, ek het nie besef die huis is so naby nie. Leonie, ek is regtig baie jammer dat ek jou so ontstel het. Dit was nie veronderstel om so te gebeur nie." Hy laat sak sy kop.

"Maar nou het dit," sê Willem half beskuldigend. "Jy is beslis 'n baie beter verduideliking aan ons verskuldig Meneer Le Roux. Kom ons stap huis toe," gebied hy streng.

Vanuit die voorhuis staan Elize fronsend die drie persone en dophou, onbewus van al die ander gebeure wat reeds hier op die landgoed afgespeel het. Sy was dan onder die indruk dat Willem reeds werk toe is, want hy het haar gegroet so 'n bietjie vroeër. Sien sy reg? Is dit nie Jako Denver nie? Wat sou hy hier kom doen? En dit nadat hy Leonie se hart gebreek het deur sommer net so uit haar lewe te verdwyn. En sy vrou, sovêr sy van Leonie verstaan het is hy getroud.

Te oordeel aan die drie mense wat haastig aangestap kom na die huis moes daar iets gebeur het. Sy hou hulle dop totdat hulle baie naby is voordat sy voordeur toe stap. Willem maak die deur oop en beduie eers vir Leonie, dan die man na binne. Adam stap in. Dadelik bewus van Elize se verwytend blik op hom wanneer hy die voorhuis binnestap. Elize laat gaan haar blik eers ondersoekend oor Leonie en dan oor haar man. Dan kyk sy weer op na Adam wat met geboë hoof eenkant staan, sy skouers effens hangend na vore.

Hy kyk op in Elize se oë. Lees die verwytende amper vernietigende blik in haar oë.

Dan is dit asof sy effens verward raak. Dis nie Jako Denver nie, tog is daar behalwe sy voorkoms, 'n bekende trek op sy gesig. Haar oë gaan ondersoekend oor sy dik blonde hare. Die ooreenkoms is treffend. As sy nie in sy oë gekyk het nie sou sy beslis oortuig gewees het dat dit Jako Denver is wat hier voor haar staan.

"Elize," verbreek Willem sy vrou se stilswyende blik. "Dis Adam le Roux..."Adam, my vrou Elize," stel hy hulle aan mekaar bekend. "Aangenaam," groet sy huiwerig.

"Aangename kennis Mevrou," antwoord Adam met sy hees stem. Elize merk die trek om sy mond wanneer hy praat. Eienaardig, dit herinner haar aan dieselfde trek wat Willem soms om sy mond kry.

"Sit Adam. Ja Elize ek en Leonie het ook gedink dis Jako Denver, die ooreenkoms is treffend."

Elize kyk weer vinnig na Leonie wat haar blik vermy. Sy sien die spore van trane op Leonie se wange en stap bekommerd na haar. Sy gaan sit langs haar op die

13

bank. "Leonie my kind." Sy kyk vraend na die twee mans voor haar.

Willem besef, dat sy wag op 'n verduideliking.

Dan is dit Adam wat self die stilte verbreek. "Ek is verskriklik jammer oor die hele petalje. Leonie het op my afgekom toe ek besig was om myself te vergas in my motor. Ek het nie gesien ek is so naby aan julle woning nie. Waarskynlik het Leonie my aangesien as... Jako en omdat sy gesien het... wel besef het wat besig was om te gebeur het sy my probeer keer. Soos ek gesê het, Leonie," hy kyk op na haar. "Ek is regtig baie jammer dat jy die een moes wees wat my so gekry het, maar terselfdertyd is ek ook nou bly dat jy op my afgekom het, voor dit te laat is. Dit sou vir jou soveel erger gewees het, siende dat jy onder die indruk was dat ek ... iemand anders was. Ek besef ek kan dit nie meer ongedaan maak nie. Jy het nie verdien om so op my af te kom nie. Dit moes verskriklik gewees het om te dink dat dit... 'n geliefde was. Toe jy omdraai en weghardloop het ek skielik besef hoe traumaties dit vir jou moes gewees het. As jy kan, vergewe my asseblief?" smeek hy.

Elize merk die trek om sy mond wanneer hy praat, eienaardig hoeveel dit haar herinner aan dieselfde trek om Willem se mond wanneer hy weer praat.

"Mevrou, Meneer Verster. Ek is baie jammer. Ek besef daar is nie woorde om dit te regverdig nie, en ek gaan ook nie probeer nie..."

"Dis alles reg Adam. Jy kon nie voorsien wat gebeur het nie. Ek is net bly dat ek betyds daar kon wees," verbreek Leonie die gevoel van ongemak in die situasie.

Elize staar steeds in ongeloof na Adam Le Roux en lek vinnig oor haar droë lippe. Sy weet nie of sy vir hom moet vies wees of hom moet jammer te kry nie.

Willem laat sak sy kop en wonder, alhoewel hy reeds lankal die situasie opgesom het toe hy vroeër op die toneel aangekom het, kan hy nie help om skielik jammer te voel vir die man nie. Ten spyte van die trauma waardeur Leonie 'n paar minute gelede was, hoor hy die opregtheid in die man se stem.

Adam staan op. "Ek dink ek moet nou gaan. Weereens, jammer Leonie, jammer Meneer en Mevrou Verster." Daar-mee draai hy om en stap stadig na die voordeur.

Niemand sê 'n woord nie, elkeen is nog vasgevang in hul eie gedagtes. Selfs Elize en Leonie kon nie help om die opregtheid in sy heserige stem te hoor nie.

Leonie staan ook op, Sy kyk hom besorgd agterna. Duisende vrae kom skielik in haar hart op. Wat dryf so 'n man tot selfmoord? Wat het in sy lewe gebeur wat hom so ver kon dryf sodat hy besluit het om 'n einde aan sy lewe te maak? Is hy getroud? Het hy kinders? Dalk familie? 'n Onbeheerste begeerte om agter hom aan te hardloop neem van Leonie besit. Eers veg sy daarteen, maar dan onthou sy die besorgde blik in sy seeblou oë toe sy vroeër na hom opgekyk het daar onder die boom. Sy ervaar weer daardie paar oomblikke toe hy haar so styf in sy arms vasgehou het en hoor sy heserige stem wat met soveel deernis om verskoning vra. Sy selfmoord poging ten spyt, het sy nabyheid haar op daardie oomblik so veilig en rustig laat voel. Sy besef dat as haar pa nie op daardie oomblik daar aangekom het nie, sy net so in sy arms sou wou bly staan. Sy weet terwyl sy, sy nabyheid ervaar het sy hom reeds vergewe het.

Nee, besluit sy, sy kan toelaat dat hy sommer net so hier wegstap nie. Haar hele wese smag skaamteloos na hom, na sy seeblou oë, sy heserige stem, sy arms om haar. Sy wil weet wie hy is en wat dit is wat hom na so 'n onbesonne daad gedryf het. Is hy getroud? Is daar iemand spesiaal in sy lewe iewers wat op hom wag? Sy weet instinktief dat dit baie moes kos om 'n man soos daardie te dryf na selfmoord.

Sy hardloop by die voordeur uit. "Adam... Adam!"

Hy kyk een maal huiwerig om, maar hou aan met stap.

Oomblikke later is Leonie by hom. Sy gryp hom aan sy arm, ruk hom byna tot stilstand en gaan hygend na haar asem voor hom staan. "Jy durf nie nou net so uit my lewe stap nie, nie weer nie! Hoor jy my?" Die woorde is uit voordat sy kon keer.

Hy kyk haar verbaas aan.

Sy voel die blos oor haar wange kom en hoe dit oor haar hele gesig versprei. Sy voel skielik sy blou oë brandend op haar. Skuldig kyk sy weg. "Jammer, ek bedoel, ten minste skuld jy my 'n verduideliking. Hoekom? Wat het gebeur? Die selfmoord, meen ek..."

Hy sug diep laat sy blik vir 'n paar oomblikke oor haar pragtige gesig gaan, oor die ligbruin blonde hare wat nou in slierte oor haar gesig hang, die spore van vroeër se trane oor haar blosende wange, haar slanke postuur. Dapper kyk sy weer op na hom, haar groen kykers vraend in syne. En Adam besef skielik; vandag is hier 'n band gesmee. 'n Band wat nie sommer net maklik gebreek gaan word nie. Die begeerte om haar styf teen hom vas te druk oorweldig hom. Die volgende oomblik, so asof sy verstaan tree sy vorentoe en gooi haar arms om hom. Sy druk haar kop teen sy bors. Sy hand reik na die slierte van haar blonde hare. Sag vee hy dit uit haar gesig en vou dan sy groot hand oor die eenkant van haar gesig en druk dit sag teen hom vas. Hy rus met sy ken op haar hare. Sy ander arm gly om haar skouers. So hou hy haar vas vir 'n paar minute en raak bewus van sy hart wat bonsend begin klop. Ook sy raak bewus van sy bonsende hart in sy borskas teen haar oor. En skielik weet sy. Hy voel dieselfde. Of verbeel sy haar, is dit nie net wat sy haarself wil wysmaak nie?

"Ja Leonie, ek weet ek skuld jou 'n verduideliking," ant-woord hy sag met sy hees stem. Teësinnig staan sy terug uit sy omhelsing, haar bene bewerig onder haar. Sy kyk op na hom, sien die huiwering in sy oë. Die kringe om sy oë verklap ure van min slaap. Hy lyk moeg. Daar is 'n bekommerde trek om sy mond, dieselfde trek wat sy al om haar Pa se mond gesien het wanneer hy bekommerd raak oor probleme in sy besigheid. Hy tuur vir 'n paar oomblikke bo-oor haar kop die veld in, kyk dan weer af na haar.

"Ek het my besigheid verloor, moes reeds meeste van my werknemers vra om te gaan. Dit wat oor is van die besigheid word op 'n veiling verkoop. Ek het gevra dat dit tussen die werknemers verdeel word sodat hulle hulleself kan onderhou vir 'n paar maande. Dit sal hulle tyd gee om te begin soek na ander betrekkings. Dit was vir my baie moeilik om my getroue werkers te laat gaan. Om hulle in die oë te kyk nadat ek die verkeerde besluit geneem het. Ek het ook nie vandag kans gesien om die res van die werkers mee te deel dat daar nie meer werk is vir hulle nie. My maatskappy word verkoop. Die nuwe eienaars het aangedui dat hulle ongelukkig nie die bestaande werkers weer sal kan aanstel nie. Die getekende dokumente is reeds by my prokureur. Ek het heel nag wakker gelê, gewonder hoe ek die nuus aan hulle gaan oordra. Hulle is nie hierop voorberei nie. Ek het so gehoop. Ek was so seker ek gaan dit red, maar op die laaste nippertjie het die maatskappy wat my sou help kop uitgetrek. Dit was my laaste kans. Met die verkoop van al die ander bates sal alle skuld ten minste gedek word. Ek stap kaal hier uit, maar honderde mense sal sonder werk wees. Hulle het almal gesinne om voor te sorg. Hoe hanteer ek dit?" sy hoor die wanhoop in sy stem.

"Die maatskappy het so mooi begin groei en net een verkeerde besluit was nodig om alles waarvoor ek so hard gewerk het te verloor. Adams Logistics sal binnekort nie meer bestaan nie. Ek besef nou dat dit eintlik baie lafhartig van my was om te dink dat ek net my eie lewe kon neem en die probleem is opgelos. Ek moet teruggaan en hulle in die oë gaan kyk. Dis die regte ding om te doen. Ek het buitendien niks meer om te verloor nie. En hier kom ek met my selfsugtigheid en krap julle hele dag ook deurmekaar. Ek moes nooit hierheen gekom het nie."

Leonie sluk aanhoudend aan die knop in haar keel terwyl sy na hom luister. Hierdie man verloor vandag alles wat hy ooit besit het, alles waarvoor hy sy lewe lank gewerk het, en die eerste gedagte by hom was die welsyn van sy werknemers... nie een oomblik het hy werklik aan homself gedink nie. "Wat het gebeur?"

"Ek bedoel, wat het verkeerd geloop? Wat se besluit het jy geneem wat jou, nou jou hele maatskappy kan kos?"

Vir 'n oomblik huiwer hy, voordat hy voortgaan; "Ek het 'n kontrak met 'n oorsese maatskappy geteken sonder om doodseker te maak of dit 'n betroubare maatskappy was. Dit was 'n groot kontrak. Die grootste kontrak wat Adams Logistics ooit geteken het. Op die oog af het alles goed gelyk. Dit sou Adams Logistics 'n groot hupstoot gegee het. Dit het goed gegaan aan die begin."

"En jou gesin, familie, wat gaan jy nou doen?" Dis asof sy skielik skuldig voel dat sy oomblikke gelede nog styf in sy arms gestaan het. Sê nou hy is getroud. Of daar is 'n vrou iewers wat op hom wag, maar, dink sy. Dis nie asof hy enige weerstand gebied het nie. Of was hy ook maar net 'n gevangene in 'n oomblik oorweldig deur emosies. Is dit nie maar die mens wat hy is nie? Is dit sy wat sy attensies verkeerd vertolk? Waarom sou hy selfmoord oorweeg as hy iemand spesiaal in sy lewe het? Hy het nog geen woord gerep wat haar kon laat dink dat daar so iemand in sy lewe bestaan nie. Tog sal dit vreemd wees as 'n man soos hy niemand spesiaal in sy lewe het nie. Sy kom agter dat sy haar asem ophou en ineens besef sy hoe graag sy 'n antwoord op daardie vraag in haar hart wil hê. Of sy dit nou aan haarself wil erken of nie, sy antwoord is vir haar belangrik. Dalk belangriker as wat dit moet wees. 'n Paar oomblikke se stilte volg, Dit voel vir haar soos ure voordat hy uiteindelik antwoord.

"Ek het nie 'n gesin nie, my vrou is vyf jaar gelede oorlede aan kanker. Sedertdien het ek nie weer kans gesien vir 'n verhouding nie. Daar was nie kinders nie."

Sy hoor die hartseer in sy stem, en ja, dink sy, sy is seker hy sou 'n wonderlike Pa gewees het vir sy kinders en moes 'n wonderlike eggenoot vir sy vrou gewees het. Skielik voel sy verlig.

Dan gaan hy voort; "My enigste familie was my moeder. Ek het nooit my Pa geken nie, my Ma het byna nooit van hom gepraat nie. Net gesê sy weet nie waar hy is nie en dis beter so..." Al wat ek van hom weet is dat sy naam Willem was en dat hy nie bewus was van... Toe sy besef het dat sy swanger was, was die verhouding tussen hulle verby. Sy is getroud met Daan Pretorius kort na my geboorte, maar vier jaar later is hulle geskei. Sy het daarna nooit weer getrou nie, en is omtrent 'n jaar na my geliefde vrou oorlede."

Leonie vind dit moeilik om die verligting in haar hart te verbloem. Sy bestraf haarself. Buitendien, sy hart is nog by sy oorlede vrou, die dat hy nog nie weer kans gesien het om in 'n ander verhouding betrokke te raak nie. Dis presies wat hy gesê het ook.

En sy? Na die ding met Jako het sy presies dieselfde gevoel. Sy besef ook, Adam bevind homself in 'n baie benarde posisie. Hy het so pas alles verloor, sy hele toekoms. Die laaste ding waaraan hy nou wil dink, is 'n vrou in sy lewe. Hoe is dit moontlik dat sy sommer net so haar hart kon verloor op 'n wildvreemde man. Al voel hy nie meer vir haar soos 'n vreemdeling nie. Of is dit net die ooreenkoms tussen hom en Jako Denver waarop sy haar hart verloor het? Sien sy regtig Jako Denver in hom... Jako met die uitgelate lag, vol lewenslus, die perfeksionis... Nee Adam is anders, 'n diep, diep mens.

"Miskien is dit beter so," gaan hy voort.

"Met dit wat nou gebeur het... ek sou hulle nie 'n toekoms kon bied nie," onderbreek Adam haar gedagtes. "Ek is regtig jammer dat dinge so vir jou uitgedraai het Adam. Ek wens daar is iets wat ek kon doen, iets wat ek kan sê om dinge vir jou te verander. En nou, wat gaan jy nou doen?" In haar hart wil sy vorentoe storm, in sy arms in, wil sy hom verseker dat dinge sal beter gaan, dat hy nie moet moed opgee nie. Hy haal sy skouers op en probeer dapper glimlag. "Terug werk toe. Ek moet die nuus aan my werknemers gaan oordra. Hoe gouer, hoe beter, ek het geen keuse nie."

Hy gee 'n tree terug, kyk 'n paar oomblikke ondersoekend in haar oë, glimlag vir haar en sê; "Ek beter gaan. Dit was goed om jou te ontmoet, al is ek nie trots oor die manier waarop dit gebeur het nie," dan draai hy om en begin aanstap. Hy steek weer vas en draai om na haar. "Dankie dat jy geluister het. Jy is 'n pragtige vrou met 'n wonderlike hart..., totsiens Leonie. Moenie aan die verlede vashou nie, Jako Denver was jou nie werd nie..." Vir 'n oomblik huiwer hy eers, so asof hy nog iets wou sê, draai dan om en stap na sy motor.

'n Warboel van emosies oorweldig Leonie toe hy weer begin wegstap, maar dis asof sy weet, sy moet hom laat gaan. Daar lê 'n groot taak op daardie geboë skouers. Iets wat hy vandag nog moet afhandel. Dit voel skielik vir haar of 'n deel van haar saam met hom wegstap. Sal sy hom ooit weer sien? Sal sy ooit weer daardie opregte besorgdheid in sy oë sien, weer daardie wonderlike gevoel van warmte en veiligheid in sy arms kan beleef? Of sal sy altyd maar net daarna bly smag? So asof dit maar net 'n droom was. Sal sy weer sy glimlag sien soos toe hy haar sekondes gelede in sy heserige stem gegroet het. Sy kyk hom agterna totdat hy byna by sy motor is. Hy lig sy hand in 'n laaste groet en klim stadig in sy motor.

Sy voel hoe warm trane oor haar wange begin rol, dit brand oor haar reeds rou wange. Sy byt hart op haar onderlip en veg teen die trane. Dankbaar dat hy nou te vêr is om dit te sien. Sy weet al sou sy nou begin hardloop, sal hy om die draai wees voordat sy by hom is.

Met 'n 'toet-toet! verdwyn sy motor om die draai. Sy wonder wat hy presies bedoel het toe hy gesê het sy moenie aan die verlede vashou nie..." Het hy maar net bedoel sy moet van Jako vergeet en aanbeweeg, of het hy probeer sê ...? Nee, besluit sy, sy mag nie aan daardie moontlikheid dink nie. Tog was dit net asof hy nog iets wou sê, maar hom toe bedink het. Hoe wens sy in haar hart dat daar wel 'n kans sou wees om Adam beter te leer ken, maar sy mag nie nou daaraan dink nie. Dis net wensdenkery. Watter waarborg het sy dat sy ooit weer enigiets van hom gaan hoor. Sy ken hom maar net vir 'n paar minute. 'n Paar minute wat absoluut haar voete onder haar uitgeslaan het.

Sy draai stadig om, haar voete voel loodswaar in haar skoene toe sy begin terugstap. Sy loop haar trompop in haar Pa vas.

"Leonie..." praat hy besorg. "Het jy nou sowaar jou hart verloor op 'n vreemdeling?" vra hy sag en trek haar styf teen hom vas. "Ek weet nie Pappie. Ek weet nie. Ek weet nie wat om te sê of wat ek veronderstel is om te voel nie, ek weet net daar wag 'n groot taak op hom. Hy het sy besigheid verloor, hy het alles verloor...." antwoord sy "en ek weet hy gaan deur 'n moeilike tyd. Ek wil om een of ander rede daar wees vir hom."

"Ek weet my kind. Ek het hier agter die boom gestaan, ek kon nie help om te hoor nie. Dis net vir my asof ek al voorheen iets met die man te doen gehad het. Ek kan net nie my vinger daarop lê nie. Die naam 'Adams Logistics' klink so bekend. En daar is net iets in die man wat my trek. Dalk sal dit binnekort na my terugkom."

Willem haak by sy dogter in en hulle begin terugstap huis toe. Daar is 'n knop in sy keel. Hy voel jammer vir die man en wonder oor die kontrak waarvan hy praat. Ja besef hy, dis die moeilikheid van die besigheidsbesluite. Jy moet presies weet waar jy met jou kliënte staan, een verkeerde besluit kan veroorsaak dat jy alles verloor.

Leonie is gewikkel in haar eie gedagtes, gedagtes oor Adam, en dan weer Jako. In haar gedagtes bly sy die twee met mekaar vergelyk. Die enigste ooreenkoms is eintlik fisiek, hulle lyk baie na mekaar. Maar Adam is byna die teenoorgestelde van Jako. Jako is die lewenslustige ekstrovert terwyl Adam die stil introvert is. Sy wonder skielik. As hulle twee nou langs mekaar sou staan, wie sou sy kies as sy die keuse sou gehad het. Die lewenslustige Jako met wie sy jare 'n verhouding gehad het, of die stil beheerste Adam wat oomblikke gelede haar hart so wild aan die klop gehad het. Alhoewel hy eintlik nog 'n vreemdeling vir haar behoort te wees, maar dit voel nie so nie.

Elize sien Pa en dogter aangestap kom. Sy weet nie of sy met Leonie moet praat oor die vreemde man nie. Dis duidelik dat sy baie van die man hou, en sy weet nie of dit so 'n goeie ding is nie. Dalk is dit net omdat sy gedink het dis Jako Denver, dink sy. Ai die Jako, wat sou in hom ingevaar het. Los sy amper verloofde net so sonder enige verduideliking en gaan trou met 'n model. Sy weet hoe seer dit Leonie gemaak het. Sy het aande aanmekaar gehuil daar in haar kamer. Sy is baie lief vir Leonie, die kind is haar lewe. Dan is daar nog die donker geheim in haar hart waarmee sy al jare rondloop. Sy weet sy sal een of ander tyd met Leonie en Willem daaroor moet praat. Tot dusvêr kon sy dit nog nie oor haar hart kry om met haar daaroor te praat nie en Willem? Hoe gaan hy dit hanteer? Sy besef dat dit baie vrae by Leonie gaan laat ontstaan. Vrae wat sy sal moet beantwoord. Sy is so bang Leonie gaan hulle verewig daaroor verwyt as sy haar vertel, omdat sy dit so lank stil gehou het. Sy was al 'n paar maal so na daaraan om met hulle te praat, maar dan het haar moed haar weer begewe.

Leonie kom ingestap. Sy besef skielik die omvang van die situasie waarin Leonie haarself bevind. Natuurlik, sy moes onder die indruk gewees het dit is Jako Denver. Dit moes vir haar 'n baie moeilike ding gewees het met die dat sy gedink het hierdie Adam man is Jako Denver. Sy kan haarself voorstel hoe dit moes gevoel het. Jako verlaat haar sonder verduideliking jare terug en verskyn ewe skielik weer in haar lewe. En dit op so 'n manier! As Jako Denver ooit weer sy voete hier sit, het sy beslis 'n appeltjie met hom te skil."

Bekommerd stap sy nader. "Siestog Leonie my kind, dit moes verskriklik vir jou gewees het om te dink dis Jako in daardie motor. Kan ek vir jou 'n sterk koppie koffie maak?" vra sy besorgd. "Wil jy nie 'n bietjie gaan lê nie?"

"Nee dankie Ma, ek is reg. Verskoon my net 'n rukkie, ek wil gou my gesig gaan was en bietjie beter lyk," antwoord sy en verdwyn in die gang af na haar kamer.

Elize en Willem kyk na mekaar. Hulle ken hulle dogter en besef dat sy eintlik vir 'n rukkie alleen wil wees. Willem is egter oortuig hier in sy binneste dat Leonie haar hart verloor het op Adam Le Roux. Aan die een kant is dit vir hom 'n ontstellende gedagte, maar hy moet erken, hy hou nogal van die man. Ten spyte van die selfmoord poging is daar net iets aan hierdie man wat hom trek.

"Die hele ding is vir my nog soos een groot raaisel Willem. Wat sou die man besiel het om juis hierheen te kom om homself te kom vergas? Nou het hy ons almal net kom omkrap. Wat het die man vir homself te sê?"

"Bedaar Elize, bedaar. Moenie so vinnig wees om hom te oordeel nie," maan Willem sy vrou, "Hy lyk eintlik na 'n goeie man. Ek het gestaan en luister toe hulle gepraat het," gaan hy voort. "Die man het sy besigheid verloor, eintlik alles wat hy gehad het. Sy maatskappy se naam was Adams Logistics. Die naam lui vir my 'n klokkie iewers, maar ek kan nie my hand daarop lê nie. Daar is ook net iets aan hierdie man wat my die gevoel gee dat ek hom ken, of geken het. Ek kom met soveel mense in aanraking in die besigheidswêreld. Dit kan wees dat ek hom op een of ander sake geleentheid ontmoet het of iewers met hom gepraat het. Ek voel regtig jammer vir die man" sê Willem. "En dan wonder ek ook wat presies die probleem was met die kontrak wat hy geteken het wat hom nou sy maatskappy gaan kos."

"Ja ek hoor wat jy sê Willem, maar die man het die arme kind geweldig ontstel. Kyk hoe lyk sy en vir wat storm sy agter hom aan hier uit? Dis 'n wildvreemde man. Dis genoeg dat daai vent Jako Denver haar hart gebreek het en sommer gaan trou het met 'n ander vrou, en dit 'n paar dae voor hy en Leonie se verlowing. Nou daag hierdie vent hier op en die ergste is hy lyk amper op 'n haar soos Jako Denver..." gaan Elize omgekrap voort.

"Asseblief Ma..." onderbreek Leonie haar Moeder.

Elize kyk vinnig om as Leonie agter haar praat. "Jammer my kind. Ek voel maar net besorg oor jou. Jy is alreeds deur 'n moeilike ding met die Jako Denver vent."

"Ma... ek wil nie weer daai man se naam in hierdie huis hoor nie, Jako Denver is nie meer deel van my lewe nie. Ek gaan tuin toe," onderbreek sy weer haar Ma en verdwyn by die voordeur uit. Net die noem van sy naam ontstel haar alreeds.

"Jako Denver..." praat sy met haarself toe sy die dooie roosknoppe begin afpluk. "Ek sal jou nooit vergewe vir wat jy aan my gedoen het nie," prewel sy, maar outomaties gaan haar gedagtes weer na Adam Le Roux. Jako Denver, as jy maar net 'n sweempie van Adam Le Roux was... dink sy in haar gedagtes. Dis asof daar so 'n warmte in haar opkom as sy aan Adam dink. Sy wonder presies wat hy op die oomblik doen, is hy nou besig om sy werknemers te vertel dat hy hulle nie meer werk kan bied nie, of sit hy iewers in sy motor en probeer die regte woorde bymekaar kry voordat hy die skokkende nuus aan hulle kan meedeel. Sy mis hom ewe skielik baie. Sy besef sy moet nie, maar dis baie moeilik om daarteen te stry. Haar hande raak stil waar sy met die rose besig is en sy beleef weer die laaste paar minute saam met hom. Dit het so wonderlik gevoel in sy arms. Sy sien nog die besorgdheid in sy seeblou oë, beleef weer daardie oomblik se huiwering voordat hy weggestap het. Sy wens sy kon weet wat hy wou sê, en waarom hy toe gehuiwer het. Kan dit wees dat hy dalk ook soos sy gevoel het... dalk het hy toe besef hy kan haar niks bied nie...

"Pennie vir jou gedagtes...?" praat haar Pa sag agter haar. Sy draai om en kyk op na haar Pa wat haar dan glimlaggend vir oomblik teen hom vasdruk. Hy druk 'n soen op haar voorkop en sê. "Ek gaan terug kantoor toe. Daar is nog 'n hele paar dingetjies wat ek moet gaan doen, my sekretaresse dink seker al ek het die dag afgevat," probeer hy haar opkikker. Hy is altyd die rustige een wat koelkop besluite neem en altyd in beheer van homself bly. Dikwels wens sy, sy kon soos hy wees. Haar moeder daarenteen, is weer die een wat altyd gereed is vir 'n argument, gereed om haar standpunt te stel en meeste van die tyd oorreageer. Leonie het al dikwels gewonder na wie sy nou eintlik aard, maar sy kan haar nie werklik met een van hulle vereenselwig nie.

Willem klim in sy motor en wuif vir haar toe hy wegry. Leonie kyk half huiwerig op in die grondpad totdat haar Pa se motor ook om die draai verdwyn, en betrap haarself dat sy wens Adam se motor wil weer om die draai verskyn. Sy forseer dit egter uit haar gedagtes. 'n Skrikwekkende gedagte kom skielik in haar hart op. Sê nou net Adam besluit weer om... Nee, besluit sy, sy wil liewer nie aan daardie moontlikheid dink nie.

Sy raak weer besig tussen die rose in 'n poging om die simpel gedagtes uit haar kop te kry. Sy mag nie toelaat dat sulke simpel gedagtes in haar hart opkom nie. Hy het tog immers gesê hy is bly dat sy, sy poging om sy eie lewe te neem in die wiele gery het. Sy besef nou eers sy het nie eers 'n telefoonnommer waarheen sy hom kan skakel nie. Sy weet nie juis veel van hom nie. Waar woon hy? Waar is sy maatskappy geleë? Sy weet niks. Sy haal haar skouers op. Buitendien, hoe gaan sy vir hom sê waarom sy hom bel? Dat sy bang is hy besluit weer om sy eie lewe te neem? Dat sy hom mis, na hom verlang? Sy ken hom skaars 'n paar ure.

Willem gaan sit agter sy lessenaar en bedank sy sekretaresse vir die koffie. Sy gedagtes steeds besig met Adam le Roux en Adams Logistics. Terwyl hy rustig aan sy koffie teug, tel hy die telefoon op en skakel die ontvangs. Dalk kan sy sekretaresse gou vir hom bietjie navraag doen. Sy is puik met sulke navrae.

"Hallo Meneer," antwoord sy.

"Mariette. Die naam Adams Logistics, lui dit dalk by jou 'n klokkie?" vra hy.

"Adams... Adams Logistics? Mmmm, dit klink half bekend vir my. Wil meneer hê ek moet 'n bietjie rondkrap?" vra sy gretig. Willem ken sy sekretaresse baie goed. Sy geniet dit gewoonlik om soos sy dit stel: 'n bietjie rond te krap. Hy moet haar gelyk gee, sy is goed daarmee. Hy weet binne die volgende uur of wat kan sy al 'n paar antwoorde hê, maar hy onthou ook nou hy het ingestem om haar bietjie vroeër af te gee vandag, aangesien dit 'n lang naweek is.

"Waarmee is jy op die oomblik besig?" vra hy versigtig.

"Sommer net met een van ons kontrakte meneer, maar ek kan dit Dinsdag gou klaar maak as Meneer wil hê ek moet gou navraag doen na Adams Logistics"

"Dankie Mariette, dis reg so," bedank hy haar en staan op uit sy stoel. Hy stap na die venster wat hom 'n redelike uitsig oor die dorp bied. Ai, dink hy, dat die Leonie nou sowaar haar hart gaan verloor op die Adam Le Roux. Mens kan haar seker nie kwalik neem nie. Adam le Roux lyk sowaar baie na die Jako Denver vent. Somtyds het hy dit oorweeg om Kaap toe te ry en die man aan sy strot te gaan gryp na die ding met Leonie. Nie dat hy ooit baie van die man gehou het nie, maar dit was Leonie se keuse en hy weet dat sy baie lief was vir hom, en seker steeds is. Ten spyte van die ooreenkoms tussen die twee manne moet hy herken, hy hou nog al van Adam. Hy kan self nie verklaar hoekom nie. Moontlik is dit maar net omdat hy jammer voel vir die man. Dit moet verskriklik wees om alles waarvoor jy so hard gewerk het, net so te verloor. Hy wat Willem Verster is, het byna dieselfde fout begaan 'n paar jaar terug. Dit was ook 'n kontrak met 'n oorsese maatskappy, maar met 'n puik prokureur wat hom heelwat gekos het kon hulle daarin slaag om die kontrak tot niet te verklaar. 'Reef Minerals' was byna gelikwideer daarna maar het weer later daarin geslaag om onder nuwe bestuur op die been te kom. Dit was groot nuus op daardie stadium. Skielik wonder hy watter oorsese Maatskappy dit was wat Adams Logistics se ondergang beteken het. Dit kan interessant wees. Is dit dalk moontlik dat dit dieselfde maatskappy is wat sy Maatskappy byna gekelder het? Hy huiwer vir 'n paar oomblikke op die gedagte. Dan bel hy weer sy sekretaresse.

"Mariette, weet jy dalk wat die nuutste nuus is oor Reef Minerals?"

"Reef Minerals? hoekom vra meneer?" wil sy nuuskierig weet.

"Nee ek wonder sommer. Onthou jy nog die ding daardie tyd met hulle?"

"Ja Meneer, sal ek dit ooit vergeet? Ek kyk ook sommer gou of ek iets daaroor kan uitvind"

"Dankie, jy is puik Mariette," moedig hy haar aan.

"Plesier Meneer, dis mos waarvoor ek betaal word," antwoord sy.

Willem besef elke dag meer dat hy dit nie kan bekostig om haar te verloor nie. Hy sal vêr soek om weer so 'n sekretaresse te kry. Sy werk al byna twee en twintig jaar vir hom.

Hoofstuk 2

Adam sit by sy lessenaar met sy elmboë op die tafel. Sy kop rus op sy hande. Hy het 'n vergadering belê vir al sy werknemers in die omgewing teen twee-uur vanmiddag. Dis maar beter as hy sommer soveel van hulle as moontlik kan inlig oor die gebeure met die Maatskappy. Hy moet vandag hierdie ding agter die rug kry. Daarna sal hy verder besluit oor wat hyself nou gaan doen. Hy skud sy kop weer. Hoe kon hy so onnosel gewees het om daardie kontrak te teken. Op daardie stadium was hy werklik onder die indruk dat hy die beste kontrak ooit gekry het vir Adams Logistics. Miskien moes hy maar die hele kontrak deur 'n prokureur laat deur-gaan het soos oom Jan aanbeveel het. Vir hom het alles reg gelyk, maar hy moet erken hy het nie die hele kontrak deurgelees voordat hy geteken het nie. Hy het nou weer 'n hele ruk gesit en dink, maar daar is nou niks meer wat hy kan doen nie. Die getekende kontrak vir die verkoop van sy Maatskappy lê reeds by die prokureur en sal seker binne die volgende paar dae deurgaan. Al sou hy die proses probeer vertraag, is daar steeds geen manier om Adams Logistics te red nie. Sy gedagtes gaan weer terug na vroeër die oggend se gebeure naby daardie landgoed op die grondpad. Hy voel so skuldig dat hy die mense se hele dag gaan omkrap het. Hy sien weer Leonie Verster se groen hartseer oë, hoor haar woorde.

Sy was beslis onder die indruk dat hy die Jako Denver vent is. Dit moes vir haar 'n groot verleentheid en terselfdertyd 'n teleurstelling gewees het toe sy besef hy is nie wie sy dink hy is nie. Wat sou 'n vent soos Jako Denver laat besluit het om uit haar lewe te stap? Wat sou tussen hulle gebeur het? Dis duidelik dat sy steeds baie lief is vir die man. Leonie is 'n pragtige vrou, dit moet hy erken. Hy sal nooit vergeet met hoeveel seer sy daardie woorde uitgeroep het nie. Hy hoor dit nog steeds in sy gedagtes. "Hoe kon jy, hoe kon jy my net so los...!" Natuurlik was sy nie bewus daarvan dat hy haar gevolg het nie. Toe hy haar aan haar skouer vat het sy net sy arms ingeloop. Duidelik onder die indruk dat dit haar Pa was. Hy het haar so bitter jammer gekry, en moet hy erken dat dit goed gevoel het om haar so vas te hou. Daardie groen oë het van soveel seer gespreek. En toe die verwarring toe sy besef dis nie in haar Pa se arms wat sy staan nie.

Na sy vrou se heengaan 'n paar jaar terug het hy nooit werklik weer belanggestel in 'n ander verhouding nie. Soms het hy saam met 'n vriendin gaan eet wanneer hulle daarop aangedring het. Miskien het hy ander vrouens te veel met sy "Irma" vergelyk. Of is dit maar die leemte wat sy in sy lewe gelaat het nadat sy oorlede is, wat hy nie wou vul nie?

Vandag, toe hy Leonie Verster so in sy arms vasgehou het, het dit iets aan hom gedoen. Dit het so goed gevoel, asof dit so hoort. Sy het nie veel weerstand gebied nie en hy besef dat daar beslis 'n band tussen hulle gevorm het in daardie kort rukkie. Dit was op die punt van sy tong om vir haar te sê dat hy haar graag weer sal wou sien onder beter omstandighede, maar toe het hy ook besef dat daar niks is wat hy haar kan bied nie. Sy Maatskappy word verkoop en daar is op die oomblik geen rooskleurig toekoms vir hom nie. Dalk was dit net die gedagte aan haar wat hom laat besef het wat se sinnelose daad hy beplan het, maar aan die anderkant; hoe weet hy hoe sy regtig voel na die gebeure? Nou dat sy helder kan dink wonder hy. Verwyt sy hom nie dalk nou oor alles nie. As sy nie daar op hom afgekom het nie, sou hy dit deurgevoer het. Haar reaksie daar by die motor toe sy hom byna agter die stuurwiel uitgesleep het, het hom net laat besef hoe selfsugtig hy was.

Oomblikke later lui sy telefoon. Eers huiwer hy. Wie sal hom nou bel? Die werksaamhede by die Maatskappy het reeds gestop. Met 'n sug steek hy sy hand uit tel die gehoor-stuk op.

"Hallo... Adam Le Roux."

"Adam van Adams Logistics...?" vra die stem aan die ander kant. 'n Bekende stem.

"Dis korrek..." antwoord hy huiwerig.

"Adam, dis Willem Verster, hoe gaan dit?" Adam huiwer 'n paar oomblikke voordat hy antwoord. Waar sou Willem sy telefoonnommer gekry het?

"O... Hallo Meneer Verster."

"Dit gaan goed dankie," antwoord hy verbaas, waarom sou die man hom nou skakel?

"Adam, my Maatskappy se naam is Winstra Logistics..."

Vir 'n oomblik is Adam totaal uit die veld geslaan. Hy het nooit besef Willem Verster, die einste Willem Verster waar hy vanoggend die pandemonium veroorsaak het, is die eienaar van Winstra Logistics nie. Winstra Logistics is die Maatskappy wat op die laaste nippertjie besluit het om nie die lening aan sy maatskappy Adams Logistics toe te staan nie.

"Adam... is jy nog daar? Dis seker vir jou 'n skok om te hoor Winstra Logistics is my maatskappy. Jammer, ek was nie deel van die onderhandelinge nie. Ek het net die papierwerk geteken. Ek het 'n knap span agter my en pas hulle nie juis op nie. Die feit dat hulle daarteen besluit het sou nie 'n ligte besluit gewees het nie."

"Ja, natuurlik Meneer Verster, ek verstaan. Ek kan nie verwag dat hulle 'n besluit moet neem wat Winstra Logistics benadeel nie. Ek glo ek sou die selfde besluit geneem het as ek in hulle posisie was. Jammer vir die gemors van vroeër vanoggend. Ek hoop Leonie voel beter. Ek het nie die reg gehad om haar so te ontstel nie. As ek daarvoor kon vergoed..." "Dis nie waaroor ek skakel nie. Ek sien die kontrak wat jou Maatskappy nou byna gesink het, was die oorsese maatskappy Reef Minerals?"

"Dis reg, ek moes nooit daardie kontrak geteken het nie. U is goed ingelig Meneer Verster," merk Adam verbaas op.

"Ja ek het 'n puik span agter my, lag Willem sag. "Ek hoop nie jy gee om nie? "Noem my maar Willem. Ek is deeglik bewus van die posisie waarin jy jou nou bevind Adam. Ek het jare terug dieselfde trap afgetrap met Reef Minerals. Dis tien teen een die rede waarom my span die lening nie wou goedkeur nie, hulle ken die geskiedenis met Reef Minerals. Die probleem is, jy het reeds die kontrak geteken, dis 'n geldige kontrak, of eerder dis hoe die voorkom"

Daar is 'n paar oomblikke se stilte voordat Adam weer antwoord. "Wat probeer U, ek bedoel Willem. Wat probeer jy vir my sê?"

"Wel, daar is 'n kans dat hulle dalk dieselfde fout gemaak het as voorheen, aangesien dit onder nuwe bestuur geplaas was kort gelede. Ek probeer nie sê dat dit wel die geval is nie, maar dis 'n skraal kans wat ondersoek moet word. Ek stel voor dat jy eers deeglik ondersoek laat doen voordat jy verder gaan met die verkoop van jou maatskappy" Skielik is dit asof daar 'n tikkie hoop in Adam opvlam, maar aan die anderkant... Hy het nie fondse om so 'n ondersoek te laat doen nie. Waarom sou Winstra Logistics belangstel om Adams Logistics te probeer raad gee? Wonder hy "As ek mag vra, waarom sou 'n groot maatskappy soos Winstra Logistics belangstel om 'n klein Maatskappy soos Adams Logistics van raad te bedien? Buitendien, is daar geen fondse om so 'n ondersoek te laat doen nie..." wil Adam versigtig weet.

Willem lag hardop. "Adam, ek weet self nie regtig nie, maar ek hou van jou. Ek wil graag help. Ek weet nie presies wat jou posisie is nie, maar jy sal Reef Minerals se kontrak dalk tot niet kan verklaar en verloor, maar moontlik sal jy dan steeds genoeg fondse hê om weer 'n begin te maak in plaas daar van om jou hele Maatskappy te verkoop. Jy sal steeds in staat wees om gedeeltelik dienste te lewer aan meeste van jou kliënte. Ek is bereid om van jou kliënte oor te neem aan wie jy nie dienste kan bekostig nie. Ek sal die dienste vir 'n tydperk namens jou lewer teen 'n geringe vergoeding van jou kant indien jy daartoe in staat is. Andersins kan ons die kliënte by jou oorneem totdat jy weer in staat is om die dienste te lewer soos voorheen. Natuurlik sal jy nie al jou werknemers kan behou nie, maar ten minste is daar hoop. Goed ek verstaan jy het nie op die oomblik fondse om die geldigheid van al die aspekte in die kontrak met Reef Minerals te ondersoek nie. Dus wil ek graag help."

Adam kan nie glo wat hy hoor nie. Hy begin moed skep. Hy besef terdeë dat niemand, geen ander Maatskappy ooit so 'n aanbod aan hom sou gemaak het nie. Dit wat Willem Verster hom nou aanbied, kan Adams Logistics weer op die been bring, maar sê nou net daar is nie 'n probleem met die kontrak nie en al die moeite en kostes is verniet. Hoe gaan hy Winstra Logistics terugbetaal?

"Willem, ek waardeer jou aanbod. Wat jy my nou aanbied is meer as wat enigiemand of maatskappy ooit kan verlang, maar sou daar geen probleem met die kontrak wees nie, sal ek nie fondse hê om daardie regskostes aan jou terug te betaal nie. Dan is ek nog dieper in die moeilikheid. Die kanse is nog steeds daar dat ek in elk geval moet verkoop," deel Adam hom hoopvol mee.

Willem lag weer maar besef ook Adams se posisie. "Ek sê jou wat Adam, moenie vandag jou werknemers die nuus gee nie. Ek weet jy wou dit agter die rug kry omdat dit vir jou 'n baie teer saak is. Ek kan myself indink in jou situasie. Stop alles wat jy reeds beplan het. Kanselleer alles tot verdere kennisgewing. Ek is seker tussen my en jou gaan ons iets uitwerk," gaan Willem voort.

Adam sluk skielik aan die knop wat skielik in sy keel vorm. Dit voel meteens of daar nuwe energie in sy tam liggaam inkom. Sy hand op die telefoon begin liggies bewe. Dis skielik asof hy weet, daar is hoop en hy het vertroue in Willem Verster. Die man weet wat hy doen en is oopkop. Hy weet nie hoe hy ooit daarvoor sal kan vergoed nie, maar hy besef ook dat hierdie sy enigste kans is. Dan hoef hy dalk nie nog werknemers af te staan nie.

"Willem, ek staan met my rug teen die muur. Ek sal dom wees om nie jou aanbod te aanvaar nie. Ek het nie veel meer om te verloor nie. Ek weet net nie hoe ek jou ooit daarvoor sal kan vergoed nie en dit nadat ek vanoggend jou hele huishouding..." praat Adam, duidelik aangedaan.

"Adam, ek sou al my vertroue in jou verloor het as jy my aanbod nou van die hand gewys het. Na wat vanoggend gebeur het? Ek sê jou wat. Gebruik die res van jou middag om iets positiefs vir jou maatskappy te doen deur alles tot verdere kennisgewing te stop of uit te stel. Dan kom eet jy vanaand by ons op Grootwater Landgoed as ons gas. Ek veronderstel jy is redelik uitgeput en jy het reeds 'n lang dag agter jou. Dis langnaweek. Jy is welkom om na ete huis toe te gaan. Dan kan jy die naweek goed gaan uitrus en alles oordink wat ek reeds met jou bespreek het. Sodra jy klaar is op kantoor, maak jouself gemaklik en kom sodra jy gereed is. Ek gaan oor 'n uur of wat my kantoor sluit. Dis te sê as jy my ete aanbod wil aanvaar, andersins, sien ek jou Dinsdag oggend om nege-uur in

my kantoor sodat ons al die dingetjies kan bespreek"
Nooi Willem vriendelik.

Vir 'n paar oomblikke staan Adam woordeloos met die gehoorstuk in sy hand. So 'n groot man as wat hy is voel hy trane brand in sy oë, hy vee vinnig 'n traan weg met die agterkant van sy hand. Oomblikke gelede was hy die eienaar van 'n bankrot Maatskappy en nou is daar skielik weer hoop. En boonop kan hy vanaand weer vir Leonie sien. Die gedagte gee hom sommer nuwe moed. Toe hy daar weg is het hy met 'n swaar hart daar weggestap. Hy het dadelik van haar gehou en hy weet vanoggend het daar 'n band tussen hulle gevorm, maar het ook besef dat hy haar niks kon bied nie. Vir die eerste keer in 'n lang tyd het 'n vrou, Leonie, weer iets in hom wakker gemaak. Hy kan nie onthou wanneer laas hy so aangetrokke tot 'n vrou gevoel het nie, maar hy moet nou fokus op sy maatskappy.

"Dankie Willem. Dan sien ek jou vanaand." Antwoord hy aangedaan.

"Plesier Adam, trek gemaklik aan. Dis net 'n informele ete. Sterkte met jou laaste paar uur op kantoor, totsiens."

Adam sit die foon stadig terug op die mikkie, staan op en rek hom tot sy volle lengte uit. 'n Berg lig van sy skouers af en hy stap na die venster. Hy kyk oor die vragmotors wat nou besig is om terug te kom om gebêre te word. Hy het nou wel 'n paar verloor, maar dank die Vader daar is weer hoop. Hy weet hy moet nie nou al sy hele hart op Willem Verster se aanbod sit nie, maar hy is desperaat. Die belangrikste is, dat daar hoop is.

Hy maak vinnig vir hom 'n beker sterk koffie. Dan stap hy terug na sy lessenaar. Hoe gouer hy die vergadering stop hoe beter, van die mense maak seker al gereed om te kom. Terwyl Adam die nodige oproepe maak, begin hy weer homself voel. Dis van die lekkerste oproepe wat hy ooit gemaak het. Hy is egter steeds versigtig oor die redes vir die kansellasie van die vergaderings en sê maar net dat dit tot verdere kennisgewing is en alle beplande werk vir die naweek kan voortgaan soos normaal.

Willem ry rustig terug Grootwater toe. Hy is diep in gedagte en ook deeglik bewus wat se groot taak hy nou op sy skouers geneem het. Dit voel egter goed om in 'n posisie te wees om te help. Hy het 'n goeie gevoel oor die man en gewoonlik is hy ook reg as hy so voel. Die aand sal 'n goeie geleentheid bied om Adam Le Roux beter te leer ken. Hy glimlag as hy dink aan Leonie. Sy sal beslis nie vir Adam Le Roux vanaand vir ete verwag nie. In sy hart weet hy sy dogter gaan verras wees. Die ding met Adam Le Roux het beslis iets in haar wakker gemaak. Ten spyte van die teleurstelling het hy die blink in haar oë gesien toe sy so naby die man gestaan het. Hy kon ook die hartseer in haar oë sien toe hy hiervandaan weggery het. As hy dit nie mis het nie kon hy sweer hy het ook 'n tikkie verwondering in Adam se houding jeens Leonie opgemerk. Op daardie stadium was daar egter veel groter bekommernisse in die man se hart. Teen vanaand glo hy sal Adam Le Roux meer homself wees in 'n meer ont-spanne atmosfeer. Selfs Leonie behoort meer haarself te wees. Hy weet hoe eensaam sy is en hy weet ook die ding met Jako Denver het haar bitter seer gemaak. Manlike geselskap sal haar goed doen. Dis tyd dat sy Jako Denver uit haar gestel kry. Hy weet Elize gaan maar baie skepties wees oor Adam Le Roux en hy verstaan dit. Leonie word nie jonger nie en sy het beslis geselskap nodig om weer haarself te word. Hy is bevrees hoe langer sy haarself afsonder, hoe moeiliker gaan dit later vir haar word om weer aan 'n gesonde verhouding te bou. Elize gaan dalk dinge vir Adam moeilik maak in die begin. Sy is totaal oorbeskermend oor Leonie. Leonie moet kans gegun word om haar eie besluite te neem. Daarom is hy nie van plan om vir Elize of Leonie presies te sê wie sy gas vir ete vanaand is nie. Hy sal net sê hy kry 'n gas vir ete. Elize geniet dit om gasvrou te speel en sy is goed daarmee. In die meeste gevalle vra hulle ook nie veel uit wanneer hy 'n gas nooi nie. Hulle sal in elk geval onder die indruk wees dat dit iets met besigheid te doen het. In 'n mate het dit seker, maar dis nie die enigste rede waarom hy Adam Le Roux vir ete oorgenooi het nie. Hy wil graag meer van die man weet en hom op 'n ander vlak leer ken.

Willem Verster ry by die hek in en maak die motorhuis met sy afstandbeheer oop. In die tuin is Leonie steeds besig tussen die blomme, sonhoed op die kop, donkerbril op en 'n snoeiskêr in haar hand. Die blomtuin is die laaste tyd haar ontvlugting. Van na die ding met Jako Denver het sy maar haar gewig daarin gegooi. Sy is baie lief vir die plante en ook vir die natuur. Selfs toe sy nog 'n klein dogtertjie was het sy altyd vir haar Ma en Ouma blommetjies aangedra. Haar plan was op 'n stadium om 'n kwekery te begin. Dit was toe sy en Jako Denver nog bymekaar was. Hulle het baie daaroor gepraat en Willem se plan was om as hul trougeskenk vir haar die geld voor te skiet om daarmee te begin. Hy weet sy sal 'n sukses daarvan kon maak.

Elize groet hom by die deur. "Hallo my man, jy is vroeg vandag, dis nou 'n verrassing, wil jy iets drink? Ek sal gou vir ons iets maak om te drink"

"Hallo Elize. Nee dankie my vrou. Ek het vergeet om jou te sê. Ons kry vanaand 'n gas vir ete. Is dit reg met jou? of is daar iets wat jy nodig het in die dorp, dan kan ek gou vir jou gaan kry. Ek besef dis bietjie van 'n kort kennisgewing." Maak hy verskoning.

"Ek sal gou kyk, dan sê ek jou." Sy steek eers fronsend vas. "Dis snaaks dat jy iemand vir ete nooi so op 'n lang naweek."

"Ja Elize, ek wou nie die ete kanselleer nie, want die aanbod was reeds gemaak voordat ek besef het dis lang-naweek," antwoord hy vinnig. Sjoe besef hy, hy het nie in ag geneem dat dit vreemd gaan lyk om 'n oor 'n langnaweek iemand vir ete te nooi nie.

Elize stap uit na Leonie toe waar sy besig is tussen die plante. Leonie is diep in gedagte terwyl sy besig is. Haar gedagtes steeds by Adam Le Roux. In haar hart hoop sy dat Adam beter voel na die gebeure van vroeër die oggend. Sy weet nie wat gaan hy doen as die verkoop van sy maatskappy afgehandel is nie. Sy sal hom graag weer wil sien. Sy sien haar Ma aangestap in haar rigting en trek solank haar tuin-handskoene uit. Sy is so lief vir plante en sal eendag graag haar eie kwekery wil bedryf, soos wat haar plan was voordat Jako Denver haar net so gelos het.

"Sjoe jy het fluks gevorder vandag," merk Elize teenoor haar dogter op terwyl sy so oor die tuin kyk. "Jou Pa het 'n gas genooi vir ete vanaand. Sal jy my gou kom help in die kom-buis?" vra sy.

"Natuurlik Ma, ek wil net gou 'n vinnige stort gaan vat om die stof en sweterigheid af te spoel dan kom help ek gou" antwoord sy.

"Dankie Leonie ek gaan solank aan waarmee ek besig is, stort lekker" glimlag sy en keer terug kombuis toe.

Sy wil nie graag vanaand verder aan Leonie krap na vanoggend se gebeure nie. Die man het die arme kind erg ontstel met sy selfmoordpoging. Sy het gesien hoe Leonie na hom kyk toe hulle so saam hier in die sitkamer was. Dalk is dit maar net as gevolg van die feit dat die ooreenkoms so sterk tussen die twee mans is. Solank sy nie vir Jako in hom sien nie. Dis buitendien 'n wildvreemde man en sy wil nie graag hê Leonie moet weer seerkry nie. Buitendien het die man reeds sy besigheid verloor en het hy niks om Leonie te bied nie. Leonie is net verward en sal gou-gou weer besef dat sy net verward is. Sy sal so graag haar dogter gelukkig wil sien. Sy neem maar lank om oor die ding met Jako Denver te kom. Dis tyd dat sy aangaan met haar lewe en die verlede agter haar sit.

Sowat vyftien minute later sluit Leonie by haar Ma in die kombuis aan. Geklee in 'n kniebroek en 'n los bloesie.

"Dis eienaardig dat Pa 'n gas nooi vir ete op die vooraand van 'n langnaweek," merk sy ook op

"Ja Leonie ek het ook so gedink. Pa sê hy het nie besef toe hy die afspraak gemaak het dat dit

42

langnaweek is nie, en wou toe nie kanselleer nie. Besigheid soos gewoonlik. Jy ken jou Pa, hy sal nie iemand vir ete nooi en dan weer kanselleer nie. As hy iemand vir ete nooi is dit gewoonlik 'n belangrike kliënt of besigheidsvriend. As ons klaar is met die kos moet ons vinnig iets meer gepas gaan aantrek sodat ons darem netjies lyk.

Na 'n paar minute kom sy agter dat Leonie stil raak en nie baie gesels nie. "En as jy so stil is vanmiddag Leonie?" vra sy bekommerd.

Leonie haal haar skouer op. "Ag Ma ek dink net aan Adam. Die arme man verloor alles waarvoor hy so hard gewerk het. Ek wonder maar net hoe dit met hom gaan. Vanmiddag moes hy sy werknemers meedeel dat hy nie meer vir hulle werk het nie. Dit het nogal aan hom gevat. Hy lyk vir my na 'n baie goeie mens en ek hoop regtig hy kom weer gou op die been." antwoord sy besorgd. "Hy verdien nie om in so 'n posisie te wees nie. Ek sou graag net wou bel om te hoor hoe dit gegaan het, maar ek het geen telefoonnommer om hom te kontak nie. Ek het nie daaraan gedink om hom te vra nie. Buitendien, hoe vra mens nou 'n vreemde man vir sy foonnommer? As iemand net bereid was om hom te help sodat hy weer op sy voete kan kom."

Elize kyk bekommerd na haar dogter. Dis op die punt van haar tong om vir Leonie te sê sy moet nie 'n Jako Denver in die man sien nie, maar dan onthou sy Leonie se woorde van vroeër, dat sy nie weer Jako Denver se naam in die huis wil hoor nie. Sy swyg eers 'n paar minute.

"Ja Leonie, dis jammer, maar ek is seker hy sal wel op 'n manier weer op sy voete kom. Die besigheidswêreld is maar hard daar buite. Ek onthou toe jou Pa jare terug ook amper sy besigheid verloor het deur 'n oorsese maatskappy. Gelukkig kon hulle daarin slaag om weer vinnig te herstel".

Leonie kyk op na haar Ma en Elize kan duidelik die bekommernis in haar oë lees. Sy ken haar dogter en kan sien dat Leonie werklik bekommerd is.

"Dis juis die ding Ma. Hoe gaan die man weer op die been kom as niemand bereid is om hom te help nie. Ek is seker met 'n bietjie geldelike ondersteuning sal hy weer op sy voete kan kom. As hy net gaan kophou en nie weer gaan besluit om..." sy huiwer.

Elize kyk weer vinnig na haar dogter. "Jy bedoel die selfmoord...?" vra sy.

Leonie knik.

'n Uur of wat later is die kos byna gereed en Elize en Leonie besluit om solank te gaan regmaak en aantrek. Leonie voel moeg na die dag se gebeure en die tuin en nou nog die voorbereidings vir die ete ook.

Willem het homself tuisgemaak in die sitkamer met 'n koerant in sy hande. Hy verwag sy gas nou enige oomblik.

Leonie kom uit haar kamer en gaan sit op haar plek in die een hoek van die groot sitkamer. Sy leun agteroor met haar kop teen die stoel. Dis lekker om net stil te gaan sit en bietjie te ontspan.

Willem hou haar dop. Hy sien die moegheid op haar gesig.

Binne oomblikke raak Leonie aan die slaap. In haar slaap sweef sy weg en in haar drome sien sy vir Jako Denver wat van haar af wegstap. Toe hy in die verte verdwyn kom 'n ander persoon aangestap uit 'n ander rigting. Wanneer hy nader kom sien sy dis Adam Le Roux, maar dan is dit weer Jako Denver wat agter hom verskyn. Sy sien 'n grynslag op Jako se gesig terwyl hy na Adam kyk. Adam staan voor haar en hy kyk na haar asof hy iets baie belangrik wil sê, maar wanneer hy begin praat raak sy stem al verder en verder weg sodat sy glad nie kan uitmaak wat hy sê nie. Hy steek sy hand na haar toe uit maar hoe harder sy probeer om sy hand te neem hoe verder dryf hy van haar af weg. Dan is dit weer Jako Denver wat voor haar staan...

Willem kyk weer na die hek se kant toe om te sien of sy gas nie al aangery kom nie. Hy wil graag die verrassing op Leonie se gesig sien as die gas sy opwagting maak. Hy is bietjie bekommerd oor wat Elize se reaksie gaan wees maar glo sy sal kort voor lank die situasie aanvaar ter wille van Leonie.

Dis ook nie lank nie of die wit Mercedes kom by die hek ingery. Wanneer Willem opstaan, skrik Leonie wakker. Sy sit vinnig regop in die stoel en vee haar hare uit haar gesig. Sy kan nie glo sy het aan die slaap geraak nie, maar die droom het haar bietjie ontstel. Die grynslag op Jako se gesig het haar nie so ontstel nie, maar sy wens sy kon hoor wat Adam wou gesê het. Dit laat haar nou met 'n hartseer leë gevoel in haar binneste.

"Hier is ons gas" kondig haar pa aan. Leonie haas haar na die badkamer om gou haar hare reg te druk na die slapery op die bank. Dan kom sy weer vinnig uit om haar Ma te gaan roep. Sy sien die motor by die hek inkom en versteen vir 'n oomblik voor die venster. Sy staar na die wit Mercedes wat ingery kom. Emosies dreig om haar te oorweldig. Adam se motor lyk net so. Sy kon nie mooi sien wie agter die stuurwiel is nie want hy stop dieper in voor die motorhuis. Sy stap vinnig na die volgende venster nader aan die motorhuis. Dan klim Adam uit, geklee in 'n gemaklike hemp en denim langbroek.

Willem kyk glimlaggend na die uitdrukking op Leonie se gesig. Haar hand beweeg vinnig tot voor haar mond toe sy hom herken. Sy kyk vinnig na haar Pa. So asof sy nie seker is wat om te doen nie. Sy is verras en terselfdertyd uit die veld geslaan. Willem sien meteens hoe haar oë blink van die trane. Haar gesig spreek boekdele wanneer sy vir 'n oomblik vraend na hom staar.

Sy sien die goedkeuring in sy oë toe hy met sy kop knik in die rigting van die deur.

"Nou toe, gaan verwelkom die man, wat staar jy my so aan?" terg hy.

Leonie wil eers omdraai en haar Pa omhels maar die opgewondenheid in haar toe sy Adam uit die motor sien klim is te oorweldig. Sy ruk die deur oop. Bedwing haarself eers. Wat sal hy van haar dink as sy sommer so hals oor kop in sy arms inhardloop? Hoe weet sy hoe hy werklik oor haar voel? maar wanneer Adam omdraai van sy motor af om voordeur toe te stap steek hy eers 'n oomblik vas. Sy gesig verbreed in 'n aantreklike glimlag toe hy haar sien. "Leonie..." groet hy met 'n knik van sy kop, self nie seker hoe om die situasie te hanteer nie, ook bewus van die opgewondenheid in sy hart. Hy moet homself ook keer om haar nie dadelik in sy arms te neem nie. Dis per slot van rekening nie die eintlike rede waarom hy hier is nie en hy moet ook dit in ag neem.

Sy glimlag is egter genoeg om Leonie se onsekerheid soos mis voor die son te laat verdwyn. Sy kan nie meer die gevoel in haar beteuel nie. Sy hardloop die paar tree na hom en spring byna in sy arms in. Hy vang haar en verloor byna sy balans. Sy soen hom sonder huiwering vol op sy mond.

'n Bietjie onverhoeds betrap, hou Adam haar 'n paar oomblikke sag teen hom vas. Hy het verwag dat sy verras sal wees maar nie homself voorberei vir so 'n verwelkoming nie. Hy kyk ongemaklik na Willem wat hulle by die deur inwag. Willem glimlag egter net en beduie dat hulle moet instap. Wanneer sy haar kop van sy bors af lig, sien hy die blink van trane in haar oë. Dit vat so hier diep in sy hart. Want dit laat hom meer gemaklik voel oor hoe hy werklik in sy hart teen-oor haar voel. Hy glimlag weer af na haar.

"Kom, jou Pa wag..." sê hy.

Leonie tree terug uit sy arms, Gee twee tree tot by haar Pa en gee hom 'n drukkie. "Hoekom het Pa my nie gesê nie!" wil sy sag en half beskuldigend weet.

Willem glimlag net en tree terug dat hulle kan instap. Hy is self 'n bietjie onverhoeds gevang met Leonie se optrede. Hy het geweet sy gaan verras wees, maar was beslis nie voor-bereid om so 'n vurige verwelkoming te sien nie.

Elize staan asof versteen naby die venster. Sy het die hele petalje ook aanskou en dit het haar half ontstel. Dis baie duidelik hoe Leonie oor die vreemdeling voel. Dit was nogal vir haar 'n skok. Het Leonie nou heeltemal die kluts kwyt geraak? Om 'n vreemde man so te verwelkom en dit na die dinge van vroeër die oggend? Sy gooi 'n beskuldigende blik na Willem. Hy frons egter net effens terug. Sy besef sy moet haarself vinnig regruk. Sy gaan beslis na vanaand met Willem en Leonie hieroor praat, besluit sy. Sy groet so vriendelik moontlik wanneer hulle inkom. Sy merk Leonie se onder-soekende blik op haar, maar ignoreer vereers die versoeking om iets te sê of te laat blyk.

Hoofstuk 3

Leonie ken haar Ma en sy besef dadelik dat haar Ma geen-sins gelukkig is met die manier waarop sy Adam verwelkom het nie. Dis asof daar so 'n tikkie opstand in haar hart teenoor haar ma begin opkom. Sy besef skielik dat dit seker oorweldigend vir haar Ma en Pa moes gewees het. Sy kon net nie help nie. Sy het pas uit 'n onaangename droom oor Adam wakker geword en hier daag hy op as haar Pa se gas. En ja, sy is bly om hom te sien. Dis 'n ander Adam wat nou hier aangekom het, die Adam van vanmôre, met die bekommernis in sy oë is skielik Adam met die mooiste glimlag. Sou dit wees dat hy goeie nuus gekry het wat sy maatskappy aanbetref of is hy maar net bly om haar te sien. Iets moes gebeur het. Wat sou haar Pa hiermee te doen hê, wonder sy skielik. Het hy dalk vir Adam hulp aangebied... kan dit wees? Maar hy is nie iemand wat sommer so 'n groot besluit sal neem op 'n kort kennisgewing nie. Was dit omdat hy Adam Le Roux jammer gekry het, of het hy ander planne? Sy ken haar Pa goed genoeg om te weet hy sal nie 'n besigheidsbesluit sommer net neem nie. Nee besluit sy, dalk is daar 'n ander verklaring.

Selfs haar Ma se oë is ondersoekend op hom gerig. So asof sy ook wonder wat aan die gang is.

"Iets om te drink Adam?" Verbreek Willem hulle gedagtes. "Baie dankie Willem, koffie sal honderd

persent wees, geen melk en net een suiker asseblief,"
antwoord Adam beleefd en gaan langs Leonie teenoor
Willem sit.

Leonie staan op. "Toemaar Ma, ek sal gou gaan
koffie maak. Gaan Ma saam met ons drink?" Elize skud
haar kop

"Nee dankie Leonie, maar wag, ek stap saam met
jou. Verskoon ons net 'n oomblik," maak sy vriendelik
verskoning en staan ook op.

Leonie merk die stil blikke tussen haar ouers en sy
weet daar is 'n boodskap van 'n vredesverdrag vir die
oomblik tussen hulle gesluit.

Wanneer hulle in die kombuis kom wend Leonie
haarself dadelik tot haar Ma. "Jammer Ma. Ek besef dit
moes vir Ma-hulle 'n skok gewees het toe ek so op
Adam afgestorm het daarbuite. Ek kon dit net nie help
nie. Ek weet Ma het ma se bedenkinge oor die man,
maar ek hou van hom. Daar is net hierdie iets in hom.
Ek weet self nie wat nie.." maak sy verskoning.

Elize gaan staan voor die rak met die koppies en
draai na haar dogter. "Ja Leonie, dit was nogal vir my
'n skok. Ek weet jy hou van die man, maar het nie besef
jy voel so sterk oor hom nie. Hy is 'n aantreklik man, dit
gee ek jou toe, maar dis nie... dis nie Jako Denver nie.
Dis 'n wildvreemde man. Jy moenie 'n Jako Denver in
Adam Le Roux sien nie...." begin Elize versigtig.

"Ek weet Ma, maar dit is nie regtig so nie. Daar is 'n
groot verskil tussen Jako Denver en Adam Le Roux, dit
was eers vir my moeilik, maar ek hou van Adam vir wie
hy is. Ek weet ek ken hom skaars 'n dag, maar ek hou
klaar van hom. Sy opregtheid het my onmiddellik
aangetrek...

"Sy wil eers sê en die besorgdheid in sy oë, maar gaan dan voort. "Vir die eerste maal van Jako Denver..., wel vir die eerste maal voel ek weer anders oor 'n man," verduidelik Leonie.

Elize kyk weer op na haar dogter. Sy verstaan tog te goed, maar sy is so bang Leonie kry weer seer. "Ek verstaan jy is eensaam Leonie, maar Adam Le Roux het so pas sy besigheid verloor. Hy het niks om jou te bied nie. Ek weet nie presies waar hy skielik inpas by jou Pa se besigheid nie, maar jy het nog nie eers vir Jako Denver uit jou gestel nie. Jy kan nie net weer in 'n nuwe verhouding inspring nie. Ek is bekommerd dat jy te haastig is en die feit dat die twee mans soveel na mekaar lyk is steeds vir my 'n bekommernis. Ek is nie so seker daarvan dat jy nie 'n Jako Denver in Adam Le Roux sien nie, dit was te vinnig. Ons ken die man skaars. Na die ding van vanoggend is ek nie so seker van hom nie" sê Elize en pak die koppies in die skinkbord.

Leonie staar half seergemaak na haar Ma voordat sy opstandig antwoord. "Wel, ek hou van Adam Le Roux en ek kan vir myself besluit dankie Ma. Ma sal sien, ma gaan ook van Adam hou. En buitendien, ek gee nie om of hy nie 'n sent op sy naam het nie, hy sal weer op sy voete kom. Ma het nog skaars 'n woord met hom gepraat, hoe sal ma weet wie en wat se mens hy is. Ek is mos nog nie met die man getroud nie en wat Jako Denver aanbetref, ek sal oor hom kom, as Adam deel van my lewe wil wees, sal ek in elk geval daaroor kom. Ek hou van Adam vir wie hy is," antwoord sy.

"Juis Leonie, ons ken die man skaars, ons weet niks van die man nie, behalwe dit wat hy ons vanoggend vertel het. Leonie, hoe weet jy hoe Adam Le Roux werklik oor jou voel? Hy ken jou ook skaars 'n dag. Dit wat vanoggend gebeur het was net 'n sameloop van omstandighede. Jy weet nie wat die man werklik in sy hart voel nie. Hy het juis vir my 'n bietjie ongemaklik gelyk nou toe jy so in sy arms ingeloop het. Moenie jouself dinge wys maak waarvan jy nog nie seker is nie" waarsku Elize.

"Toemaar ma. Ek is groot genoeg om na myself te kyk" sê Leonie vinnig.

"Goed my kind, kom ons neem die drinkgoed sitkamer toe, ons sal later daaroor praat. Ek wou jou nie ontstel nie.".

Leonie neem die skinkbord by haar ma en stap ingedagte terug sitkamer toe. Dalk is haar ma reg, sy is nog nie seker presies hoe Adam oor haar voel nie. Tog het hy haar met soveel teerheid hanteer tot vanoggend en selfs toe sy hom so vuriglik gegroet het netnou. Sy het verstaan hy kon dalk 'n bietjie ongemaklik gevoel het. Dalk moes sy dit beter hanteer het. Sy hou baie van Adam en met die droom toe hy so skielik hier opgedaag het was dit vir haar 'n baie emosionele oomblik. Toe sy die goedkeuring in haar Pa se oë en in sy stem hoor, kon sy nie haarself keer nie. Sy was juis vroeër bekommerd dat hy dalk weer sy hand aan sy eie lewe sou slaan. Sy moes haarself beter beheer het, besef sy nou.

Toe sy die sitkamer binnestap sluit Adam se oë weer vir 'n oomblik in hare. Die manier waarop hy na haar kyk verdryf byna onmiddellik weer die onsekerheid in haar hart. Sy glimlag en stap oor na

52

hom. Hy kom dadelik regop uit die stoel en neem die skinkbord by haar. Vir hierdie paar oom-blikke is sy en Adam albei bewus van Willem en Elize se oë op hulle.

Adam hanteer egter die situasie baie goed en staan effens uit Elize se pad sodat sy kan gaan sit. Dan buk hy effens af na Leonie wat intussen gaan sit het sodat sy haar koffie kan neem. Sy oë ontmoet hare weer en dit veroorsaak 'n bewing in haar hande. Sy hoop maar hy sien dit nie raak nie. Sy slaag darem daarin om dit veilig in haar hande te neem.

"Dankie Adam" bedank sy hom. Adam stap oor na Willem met die skinkbord, voordat hy dan ook sy koffie neem en weer gaan sit.

Na 'n paar oomblikke se huiwering besluit Willem om die nuus te breek. Hy weet dat die hele ete afspraak steeds nie vir Elize of Leonie sin maak nie en wil graag die ding agter die rug kry voordat hulle eet sodat elkeen op sy gemak kan voel. Hy kyk eers om die beurt na Elize en dan na Leonie.

"Elize, Leonie. Ek en Adam het vroeër vanmiddag lekker gesels oor die telefoon. Julle weet almal van vanoggend se gebeure en dat Adam toe hier weg is en 'n baie onaangename taak gehad het wat op hom gewag het. Ek het sonder Adam se medewete 'n bietjie navorsing laat doen. Groot was my verbasing toe ek besef dat Reef Minerals, wat my jare gelede byna in dieselfde posisie gehad het ook dieselfde maatskappy is wat Adam sy maatskappy kan kos. Gelukkig het ek daardie tyd eers ondersoek laat doen na die volle geldigheid van die kontrak. Ek het 'n puik regspan gehad, wat ek nog steeds het en na die bevindings is die kontrak ongeldig verklaar. Ek glo dat daar 'n moontlikheid bestaan dat Adam nog sy maatskappy of ten minste 'n gedeelte van sy maatskappy Adams Logistics sal kan red. As ek nie redelik seker van my feite was nie sou ek die saak nie aangeroer het nie. Ek het dus aan-gebied om te help met die ondersoek na die geldigheid van alles in die kontrak tussen Adams Logistics en Reef Minerals. Ek is bereid om die kostes te dra. Sou my vermoede verkeerd wees sal ek niks terug verwag vanaf Adam nie. Indien wel, dan sal ek steeds op enige ander manier probeer help om Adam se maatskappy weer op die been te bring.

Vanselfsprekend sal Adams Logistics my in 'n mate moet vergoed. Dit sal egter op so 'n manier moet geskied dat Adams Logistics steeds kan bly voortbestaan. Dit wat ek reeds weet van Adams Logistics is dat dit 'n sterk maatskappy was. Toe Adam vroeër vanoggend hier weg is het ek besef hoeveel hy gaan verloor. Ek het toe besluit om eers navraag te doen. Aangesien my Maatskappy vroeër hulp aangebied het en dit toe weer teruggetrek het, het ek besluit om self ondersoek in te stel. Ek was ook nie deel van die span nie. Die bevindinge word namens my gedoen maar ook in so 'n mate dat dit die maatskappy beskerm. As ek nie persoonlik met Adam kennis-gemaak het vandag nie, sou ek ook nie ingestem het om hulp aan te bied as dit aan my persoonlik voorgelê was nie. Adams Logistics het 'n goeie rekord. Dalk kan ons in die toekoms ander besigheidsgeleenthede tussen ons ondersoek. Die besluit sal egter by Adam lê. Adam, ek het baie vertroue in jou, maar ek verwag ook dat jy skouer aan die wiel sal sit om jou

Maatskappy weer so gou moontlik op die been te kry. Ek het 'n gevoel ons gaan mekaar steeds in die toekoms nodig kry," sluit Willem af.

Dis Adam wat eerste opstaan en sy hand uitsteek na Willem. "Meneer Verster, Willem, ek het nie woorde nie. Vanoggend nadat ek met jou oor die telefoon gepraat het, het ek 'n bietjie begin moed skep. Adams Logistics beteken vir my so baie. Ek het heel onder begin en hard gewerk om dit te kry waar dit was. Ek verseker jou ek sal alles in my vermoë doen om jou nooit teleur te stel nie. Ek sal elke sent terugbetaal met rente. Jy kan op my reken. Geen ander maatskappy sou ooit vir my gedoen het wat jy bereid is om te doen nie. Ek sal verseker Winstra Logistics se naam noem in alle groot transaksies." Adam se stem is aangedaan wanneer hy Willem se hand skud. Nogmaals dankie Willem."

Leonie vee 'n paar trane af met die agterkant van haar hand, selfs Elize sluk aan die knop in haar keel en kyk vandag met nuwe oë na haar man. Sy weet. Willem sou nooit so iets oorweeg het onder normale omstandighede nie. Hy moet baie vertroue in Adam Le Roux hê, want hierdie besluit was meer as net 'n besigheids besluit.

Leonie kyk met soveel dankbaarheid na haar Pa. Sy voel om hom storm te loop en te omhels, maar bedink haarself. Na die reaksie vanaf haar ma vroeër besluit sy om liewer later haar pa persoonlik te bedank.

"Plesier Adam, ek wou dit net vanaand al vir jou sê om jou gerus te stel. Nou gaan ons aandete geniet en net lekker gesels en mekaar beter leer ken. Dan praat ons Dinsdag verder besigheid. Elize, Leonie, sê as julle gereed is dan kom sit ons aan," verander Willem die onderwerp en gaan sit weer in sy stoel.

Later verloop die ete baie gesellig. Na ete nooi Willem vir Adam om eers vir Leonie 'n bietjie geselskap te hou voordat hy huiswaarts keer. Dis die geleentheid vir hulle om mekaar beter te leer ken na al die gebeure van die dag.

Leonie sien die sakke onder Adam se oë en dis duidelik dat hy 'n paar moeilike dae agter hom het, maar sy sien ook die hoop in sy oë na die aand se gesprek. Sy kyk besorg op na Adam. "Jy lyk moeg. As jy voel om te gaan is dit reg so, ek kan sien jy het rus nodig."

Adam glimlag. "Ek is nogal moeg, maar wil dit nie verruil vir 'n geleentheid om 'n bietjie tyd saam met jou te spandeer nie. Ek hoop ek is vergewe vir my onbesonne optrede van vanoggend?"

"Natuurlik! Roep sy uit. "Kom ons vergeet daarvan. Vertel my 'n bietjie van jouself."

Adam haal sy skouers op. "Daar is nie veel om te vertel nie. Soos jy reeds weet is ek 'n wewenaar. Daar was gelukkig nie kinders nie. My moeder is ook vroeg oorlede en ek het nooit my Pa geken nie. My moeder het maar dikwels die onderwerp vermy en was maar baie vaag oor hom. Ek het maar geleer om nie veel uit te vra nie en weet nie wat die omstandighede was nie. Wat ek wel weet is dat my pa dalk nie eers bewus is van my bestaan nie. En dis wie ek is. Ek het maar so sonder 'n pa grootgeword, maar dis genoeg van my, vertel my van Leonie. Wie is Leonie nou eintlik?" spot hy liggies.

"Ek woon maar hier by my ouers op die landgoed... na die ding met Jako... dit was nogal 'n moeilike tyd. Ons was van plan om verloof te raak die Saterdag, maar twee dae voor die tyd het hy my gebel en gesê hy sien nie kans om daarmee voort te gaan nie. Hy was ook nie baie duidelik waarom hy so skielik nie meer kans gesien het nie. Ons was op goeie voet en het nog altyd goed oor die weg gekom. Tot vandag toe kan ek nie verstaan waarom hy so vinnig van plan verander het en toe later met 'n skatryk model getroud is nie. Moontlik was daar reeds 'n verhouding tussen hulle terwyl ons in 'n verhouding was. Ek was baie lief vir hom. Dit was natuurlik 'n geweldige skok vir my toe hy so vinnig 'n besluit geneem het nadat ek begin droom het van 'n toekoms saam met hom. Ek het bly wonder waar ek gefouteer het, dalk sonder dat ek dit besef het. Gaan sy voort.

Adam skud sy kop, "Ek glo nie dit het enigiets te doen gehad met waar jy gefouteer het nie. Ek dink eerder daardie verhouding was alreeds aan die gang lank voor julle besluit het om verloof te raak. Jammer dat jy daardeur moes gaan. Om die waarheid te sê kan ek nie sien hoe hy 'n pragtige vrou soos jy net soos 'n warm patat kon los nie. Vandat ek jou gister die eerste keer gesien het by my motor en die opregtheid uit jou hart gehoor het daar onder die boom, het jy reeds 'n plekkie hier in my hart gesteel. Dit was die seer in jou stem wat my laat besef het, die lewe is meer werd as net om dit waarvoor jy jare gewerk het te verloor. Ek het so sleg gevoel omdat ek jou ook nog ontstel het. Ek sou graag daar-voor wou vergoed."

Leonie skud haar kop, "Jy het nie nodig om my te vergoed vir enige iets nie, Adam. Om die waarheid te sê was dit juis die ding van vanoggend wat my laat besef het dis tyd om aan te beweeg. Daar onder die boom. Ek het gedink dis my Pa in wie se arms ek instap..." sê Leonie en voel die blos op haar wange brand.

"Glo my, die begeerte om jou styf teen my vas te druk was oorweldigend en ek kon dit nie weerstaan nie. Een oomblik was my kop nog by dit wat ek van plan was om te doen, deur my eie lewe te neem, maar toe ek jou so stukkend sien was dit te veel vir my. Ek wou net dit wat ek veroorsaak het weer ongedaan maak. Daar onder daardie boom het ek net besef... jy is spesiaal.

Leonie en Adam raak al hoe gemakliker in mekaar se geselskap en toe hulle dit kon kry is dit byna elfuur in die aand. Dis juis Elize wat hul samesyn skertsend ontbreek deur koffie aan te bied. Willem kom ook ingestap.

Na koffie bedank Adam weereens vir Willem en maak dan verskoning.

"Ek is jammer, ek het nie besef dis al so laat nie. Ek het lanklaas so lekker gesels maar ek moet gaan. Ek is self baie moeg na die lang dag en vanaand kan ek ten minste met nuwe hoop gaan slaap. Ek sal nooit genoeg kan dankie sê nie Willem. Baie dankie vir 'n heerlike ete vanaand en ook vir julle gasvryheid na vanoggend se gebeure. Vir die eerste keer in 'n lang tyd het ek lekker gekuier. Leonie, baie dankie, dit was 'n wonderlike aand en ek het die geselsie met jou geniet."

Hoofstuk 4

Hy staan op en steek sy hand uit na Elize. "Totsiens Mevrou Verster", Willem, totsiens. Ek sal beslis Dinsdag oggend negeuur by jou wees in jou kantoor" groet hy.

"Ek stap saam met jou," sê Leoni vinnig.

Saam stap hulle by die voordeur uit na Adam se motor.

By die motor steek Adam eers vir 'n oomblik vas en draai na haar. "Leonie, dit was 'n voorreg om 'n paar ure saam met jou te spandeer. Baie dankie. Ek het elke oomblik daarvan geniet. Ek sou jou graag in die toekoms beter wil leer ken. As dit reg is met jou. Ek verstaan jy het dalk bietjie tyd nodig om oor die ding te kom met Jako. Ek wil graag jou vriend wees, meer as wat ek bereid is om eintlik te erken." Leonie staan nader aan hom en kyk op in sy oë. Sy oë blink in die lig van die maan.

"Adam, ek het vanaand vir die eerste keer in my lewe sedert Jako weer manlike geselskap geniet en dit nadat ek myself wysgemaak het dat ek klaar is met mans. Jy hoef nie bekommerd te wees oor Jako nie. Soos ek vroeër gesê het, het ek vandag besluit om aan te beweeg. Ek weet ons ken mekaar nog net 'n dag, maar ek hou baie van jou. Jy het 'n groot verskil in my lewe kom maak. Toe jy hier weg is vanoggend was daar 'n vrees hier in my hart. Ek was bang jy besluit dalk weer om... wel om weer te probeer om jou eie lewe te neem en daardie gedagte het my mal gemaak. Ek weet nie hoekom ek so oor jou voel nie, maar ek glo jy het vandag in my lewe ingestap met 'n doel. Dis net asof dit so moes wees. Ek wil jou ook graag beter leer ken. Ek weet jy was baie lief vir jou vrou en ek besef ek sal dalk nooit haar plek in jou lewe kan inneem nie, maar ek wil graag 'n vriendin wees," antwoord Leonie en sy bloos liggies as sy besef dat dit wat sy so pas gesê het nie werklik so eenvoudig is as wat sy dit stel nie, want sy besef al te goed dat sy reeds haar hart verloor het op hierdie sag-moedige reus met die hees stem. Sy wil hom nie afskrik nie en besef dat die dood van sy vrou vir wie hy baie lief was dalk steeds 'n invloed op hulle verhouding mag hê en sy is nie bereid om dit wat hulle reeds deel te verloor deur oorhaastig te wees nie.

Adam staan nader aan haar en kyk af in haar groen oë. Hy weet dit wat hy in haar oë lees is ook meer as wat sy bereid is om te erken. Om die waarheid te sê voel hy presies dieselfde teenoor haar.

Hy plaas sy groot hand sag onder haar ken. "Leonie, jy hoef nooit te voel jy moet my oorlede vrou se plek in my lewe inneem nie. Wees net jouself. Ek verlang soms na haar, maar ek weet sommer dat met jou in my lewe, sal dit veel makliker wees om daaroor te kom. Al ken ek jou ook nog net 'n dag weet ek, ek is besig om my hart te verloor op 'n pragtige groenoog vrou, die een wat hier reg voor my staan" sê hy sag.

Leonie kyk op na hom. Dit wat sy voel in haar hart straal uit haar oë in syne. Hy buk stadig af en soen haar dan sag op haar lippe, maar voor hy kan wegtrek gooi sy haar arms om sy nek en soen hom met oorgawe terug. Vir 'n paar oomblikke duisel alles om hulle en is hulle onbewus van Elize en Willem wat omdraai en terugstap huis toe.

Na 'n paar minute stoot Adam haar sag weg, asof hy skielik besef hulle is nie alleen nie. Hy druk haar vir nog 'n kort rukkie styf teen hom vas. "Ek moet gaan. Ek sal jou môreoggend weer skakel."

Leonie wuif en kyk Adams se motor agterna terwyl hy by die hek uitry. Sy wens dit was nie vanaand vir hom nodig om te gaan nie. Sy voel steeds die blos op haar wange en herleef weer sy lippe op hare. Vir daardie paar oomblikke het niks ander bestaan nie. Sy klem sy besigheidskaartjie styf in haar hand vas. Dan draai sy om en stap huis toe.

Toe sy die deur agter haar toedruk is dit haar Ma wat stil in die sitkamer op haar wag. Leonie besef onmiddellik, hier kom 'n gesprek. Sy lig haar hande op. "Asseblief Ma, nie nou nie, ons kan môre praat. Ek is moeg en dit is laat."

Elize kom orent en stap na haar dogter. "Nee my kind, ek wil nie met jou baklei nie. Dis duidelik dat julle albei die skoot hoog deur het. Al wat ek vra is dat julle dit stadig moet vat. Julle albei het dinge in jul verlede wat julle eers moet verwerk. Jy het vir Jako en hy moet nog die dood van sy vrou ook verwerk. Julle is albei eensaam en dis te verstane dat julle mekaar se geselskap geniet. Die man het ook nog 'n groot taak wat voor hom lê. Hy het 'n maatskappy om weer op die been te bring. Dit was baie grootmoedig van jou Pa om hom hulp aan te bied en ek vertrou jou Pa se oordeel daaroor. Hy sou nie hulp aangebied het as hy nie vertroue in die man gehad het nie. Al wat ek vra is; moenie te vinnig met 'n ernstige verhouding begin nie. Ek voel net die ding moet nie oor-haastig in 'n hegte verhouding ontaard nie. Ek het 'n voor-gevoel hieroor. Ek gaan nie in jou pad staan nie, maar ek wil net hê jy moet weet hoe ek daaroor voel."

Leonie kyk opstandig na haar ma "Voorgevoel? Wat se voorgevoel Ma?"

Elize skud haar kop. "Ek weet nie Leonie. Ek kan dit self nie verklaar nie. Ek is net bang jy gaan seerkry en ek stel voor dat julle dit liewer stadiger vat en mekaar goed leer ken. Adam is 'n aantreklike man en ek glo ook hy voel dieselfde teenoor jou as jy teenoor hom. Belowe my jy gaan net eers vriende wees?."

Leonie kyk skerp na haar Ma. Deur ervaring weet sy dat as haar Ma 'n voorgevoel kry is daar 'n rede daarvoor. Dit laat haar ongemaklik voel.

"Goed Ma, ek sal probeer om dit stadiger te vat. Dis net... Ek hou baie van hom... dis eintlik meer as dit. Ek is mal oor hom, en ek weet dat hy dieselfde voel. Ek hoop regtig Ma is verkeerd met die voorgevoel ding."

"Dankie my kind," glimlag Elize. Ek hoop ook so. Jy weet dit is ook vir my belangrik dat jy gelukkig is."

Leonie knik huiwerig. "Ek verstaan Ma. Lekker slaap Ma. Ek is ook moeg en my bed roep." Leonie klim in die bed, haar gedagtes dadelik weer by Adam. Sy maak haar oë toe. Herleef weer sy lippe op hare, sy hand sag onder haar ken en sy arms styf om haar. Toe hulle gesoen het, het sy lippe alles gesê. Dit wat hulle vanaand gedeel het was wonderlik, diep en opreg. Tog kan sy ook nie haar Ma se waarskuwing net ignoreer nie. Hoe kan die lewe dan so onregverdig wees? Of is dit hierdie keer net haar Ma se manier om die verhouding af te keur? Sy moet erken dat alles baie vinnig gebeur het. Nie eers met Jako destyds het sy so 'n vurige ervaring gehad nie. Sy weet self nie hoekom sy haarself toegelaat het om so vinnig in 'n man se arms te beland nie. Sy weet sy het die eerste keer gedink dis haar pa. Natuurlik is sy nie spyt daaroor nie. Om die waarheid te sê sy begeer dit steeds meer en meer. As die omstandighede anders was sou sy dalk nooit so halsoorkop in so 'n vurige verhouding ingestap het nie. Tog voel dit so asof dit so moet wees. Nee besluit sy, sy is seker haar Ma is besig om te oordryf. Dalk is dit maar net omdat dinge so vinnig gebeur het. Sy wil niks hoor van een of ander voorgevoel nie.

Tuis Stap Adam uit die badkamer na 'n heerlike warm stort. Sy gedagtes by Leonie. Sjoe wat 'n vrou, dink hy. Vir die eerste keer na Irma se dood is daar skielik weer betekenis in sy lewe. 'n Groenoog vrou het sy hele lewe kom verander binne 'n dag. Hy wil haar bitter graag beter leer ken. Hy weet sommer dis die vrou wat hy nou in sy lewe nodig het. Dis was 'n wonderlike gevoel om die brose vrou so styf teen hom vas te hou. Ja, besef hy, hy wil daar wees vir haar, hy wil haar beskerm, haar koester met alles in sy hart. Sy verdien om gelukkig te wees en hy sal graag die persoon wil wees wat haar gelukkig maak. Hy bloos liggies as hy onthou hoe maklik hulle net in mekaar se arms kon instap en dit ten aanskoue van haar ouers. Hy het opgemerk dat hulle half ongemaklik gevoel het maar dit het net gebeur. Hy sal aan hulle bewys dat hy regtig vir haar omgee. Hy gaan ook hierdie kans wat Willem Verster hom bied om weer sy besigheid op die been te bring, met albei hande aangryp.

'n Glimlag speel om sy mond as hy onthou hoe moeilik dit vir hom was om haar te laat gaan toe hy moes ry, terwyl alles hier binne hom skree na meer van haar. Hy moet maar haar ouers ook in ag neem en Willem Verster het vandag Adams Logistics van ondergang gered. Hoe sal hy ooit genoeg dankbaar kan wees teenoor hom. Hy weet hy gaan homself moet bewys en dis goed en reg so. Later oorval die moegheid hom en hy raak vinnig aan die slaap.

Vroeg die volgende oggend is Leonie op. Sy voel wonderlik. Sy bring vir haar ouers koffie in die bed en maak intussen ontbyt vir almal. Iets wat sy lanklaas gedoen het, maar vanoggend het sy opgestaan met 'n lied in haar hart. Die gebeure van die vorige dag het haar hele lewe verander. Vandag lyk en voel alles wonderlik. Die wonderlikste man het op haar pad gekom, 'n Saggeaarde reus met die mooiste blou oë. Sy raak bewus van haar ouers se ondersoekende blik op haar wanneer sy met hul ontbyt by hul kamerdeur instap.

Elize glimlag na haar dogter. "En dit my kind? Of sal ek maar liewer nie vrae vra nie" terg sy. "Dankie Leonie my kind, dis lekker om jou so vlytig te sien, lyk my die Adam-man het sowaar jou hart gesteel, of sal ons maar liewer nie verder oor die gebeure van gisteraand uitwei nie? " Terg haar Pa.

Leonie voel die blos teen haar wange brand en probeer haar rug half op haar ouers draai sodat hulle nie kan sien hoe sy bloedrooi bloos nie. Sy besef al te goed wat haar Pa daarmee bedoel. "Ag sies Willem, moet nou nie die kind so laat bloos nie" vermaan Elize haar man gemaak ernstig.

Die res van die dag verloop stil vir Leonie. Opgewonde wag sy op Adam se beloofde oproep. Dit voel soos ure later toe die foon uiteindelik lui en Adam se heserige stem haar hart vinnig aan die klop sit.

'n Paar weke later is Adam besig om van die goed uit te pak wat hy ingepak het toe hy op die punt was om uit te trek. So amper het hy die huis verkoop. Hy sal die agente moet bel, dink hy. 'n Ou skoendoos gly uit sy hande en die inhoud beland gesaai oor die vloer. Hy wil gou hier klaar maak want hy het 'n afspraak met Leonie later die middag. Een vir een begin hy die briewe en ou rekeninge bymekaar sit en terug pak in die skoendoos. Eendag sal hy deur al hierdie goed moet gaan wat sy Ma so opgegaar het, dink hy. Hy het nog nooit werklik kans gehad om daardeur te gaan nie. Driekwart van die goed kan hy maar weggooi.

Sy oog vang 'n geseëlde koevert waarop sy naam in groot drukletters geskryf is. Nuuskierig tel hy dit op. Wat sou dit nou wees? wonder hy. Hy tel dit op en hou dit in die lig. Daar is iets binne, 'n opgevoude brief of iets. Eers huiwer hy, maar besluit dan om dit oop te maak. Dis die eerste keer dat hy die koevert regtig so bekyk. Dis 'n brief in sy Ma se handskrif.

Met gemengde gevoelens vou hy dit oop en begin hy lees...

Adam, my seun. By die tyd wat jy hierdie briefie kry sal ek reeds oorlede wees. Ek val sommer met die deur in die huis, want dis vir my moeilik om dit te skryf. Dikwels het jy vrae gevra oor jou Pa wat jy nooit geken het nie. Ek het maar altyd die onderwerp omseil of daarvan weggeskram. Ek wou nie eintlik met dit deel nie daarom het ek die onderwerp probeer vermy.

My en jou Pa se verhouding was eintlik 'n blits romanse en ons was nog albei baie jonk. Om die waarheid te sê, was ons nooit werklik baie gelukkig nie en ons verhouding was maar baie onstabiel, maar een aand, na 'n romantiese ete het die een ding tot die ander gelei. Daarna het baie ander dinge gebeur wat ons verder uitmekaar gedryf het. Ek was die groot oorsaak waarom ons uitmekaar is.

Daar was iemand anders, ek was nie altyd die wonderlike Ma wat jy gedink het nie. Nadat ek en jou Pa uitmekaar is het ek alle kontak met hom verbreek. Die dag toe ons uitmekaar is het ek besluit dat ek hom heeltemal uit my lewe gaan skuif. Jou Pa het my daarna 'n paar maal probeer kontak en ompraat maar ek wou nie met die verhouding voortgaan nie. Op daardie stadium was ek nog nie daarvan bewus dat ek swanger was nie. Eers drie maande nadat ek ons verhouding verbreek het, het ek ontdek dat ek swanger is met jou. Ek het eers later in my lewe meer standvastig begin word en moes die verant-woordelikheid neem om jou groot te maak, maar ek wil hê jy moet weet; hierna het jy alles in my lewe geword. 'n Paar maande na jou geboorte het ek dit oorweeg om terug te gaan na jou Pa toe, my lewe was so deurmekaar en ek het besef dat ek nog lief was vir hom, maar dit was toe reeds te laat. Hy was reeds getroud en ek wou nie inmeng nie. Dit was buitendien ek wat die verhouding beëindig het en niks met hom te doen wou hê nie.

Om 'n lang storie kort te maak, daar was 'n hele paar kere waarin ek dit oorweeg het om hom van jou te vertel, maar elke keer het my moed my begewe en ek wou nie die oorsaak wees van onmin in hul huwelik nie. Ek moes maar met my besluit saamleef. Ek is jammer dat ek nie van die begin af met hom eerlik was nie. Dit het my altyd gepla, maar ek kon net nie myself sovêr kry om hom van jou te vertel nie .Omdat hy welaf was, was ek ook bang dat hy jou van my sou wegneem. Ek is jammer dat ek so selfsugtig was. Ek wil graag hê jy moet weet dat dit ek was wat die besluit geneem het en dat dit nie jou Pa was wat niks met jou te doen wou hê nie. As jy dalk eendag sou besluit om jou Pa te gaan soek, neem ek jou nie kwalik nie. Dit is jou reg om te weet wie en wat hy was, maar hou net in gedagte dat nie hy of sy vrou weet van jou bestaan nie.

Ek is trots op jou my seun, was nog altyd. Ten spyte van my besluite het jy tog in jou Pa se voetspore gevolg en jou eie maatskappy begin. As jy voel jy wil graag weet wie jou Pa was en hom ontmoet, sê asseblief vir hom ek is jammer dat ek hom nooit van jou vertel het nie. As dit nodig is wys vir hom hierdie briefie wat ek vir jou gelos het. Dis vir my belangrik dat hy weet dat dit my skuld was dat julle nooit ontmoet het nie.

Jou Pa se Naam was Willem, Willem Verster. Ek hoop jy sal dit in jou hart vind om my te vergewe omdat ek dit van jou weerhou het. As jy besluit om jou Pa deel van jou lewe te maak wens ek julle alles van die beste toe en nou dat ek nie meer hier is nie het jy ten minste nog jou Pa.

Ek is werklik jammer vir die onreg wat ek jou en jou Pa aangedoen het. Soos ek gesê het, ek wou nie hê die ding moet tussen hom en sy vrou kom nie, ek wou nie nog die blaam vir so iets ook dra nie en ek wou jou ook nie verloor nie. Dus het ek maar bly swyg.

Jou stiefpa het later deel van ons lewens geword en het dit nog moeiliker gemaak. Ek wou nie die situasie verder kompliseer nie. Jou stiefpa was 'n baie trotse man en sou my altyd verwyt het as jou pa deel van jou lewe moes maak. Hy het jou aanvaar as sy eie.

Ek besef ek het nie die reg gehad om te doen wat ek gedoen het nie. Ek hoop jy sal dit in jou hart vind om my te vergewe. Ek wens jou alles van die beste toe my Seun. Ek is moeg en gaan nou slaap.

Liefde, Jou Ma.

Verslae sit Adam en staar na die brief in sy hand. Dit voel asof al die bloed uit sy liggaam dreineer, asof sy hele lewe meteens tot stilstand kom. Dit kan nie wees nie. Dit mag nie wees nie, dit kan nie met my gebeur nie. Hoekom nou? Hy laat val die briefie op die vloer en staan op. "Ma, hoekom nou?, hoekom moes dit nou gebeur!" Roep hy hardop uit. As hy net vroeër geweet het, vroeër deur die goed gegaan het. Sy aandag was heeltyd op sy besigheid. Hy stap na die venster, draai weer om, stap terug na die briefie op die vloer, dan weer terug na die venster. Sy hande bak om sy agterkop geslaan. Leonie..., Leonie Verster, sy suster? Dit mag nie wees nie. Dis nie regverdig nie.

Hoofstuk 5

Uit pure radeloosheid en frustrasie slaan hy met sy gebalde vuis op die tafel in die hoek, gryp sy hare vas. "Nee..." uiter hy "Nee Ma, hoe kon jy?" Willem, Willem Verster sy Pa, sy eie biologiese Pa. Is dit dieselfde Willem Verster. Hy stry teen die gedagte. Dit kan nie wees nie, hy is seker daar is nog 'n Willem Verster iewers. Dit gee hom skielik 'n tikkie hoop. Ja hy is seker daarvan, dis nie te sê dis dieselfde Willem Verster met wie hy 'n paar weke gelede kennis gemaak het nie. Kan daar nog 'n Willem Verster wees wat sy eie maatskappy besit? wonder hy nou. Nee, besluit hy, al is dit die laaste grashalm wat hy aangryp, Leonie mag nie sy eie bloedsuster wees nie. Dit voel in elk geval nie so nie. Hy tel die brief van die vloer af op en gooi dit terug in die skoendoos. Hy maak die kamerdeur agter hom toe. Hy moet gereed maak. Hy moet Leonie gaan optel vir hulle afspraak. Hy gaan niks sê nie. Sy mag nie nou al weet van die brief nie. Buitendien is dit dalk nie eers so nie. Sy is dalk nie eers sy suster nie. Hy sal eers seker maak. Daar moet nog iewers iets wees, enigiets. 'n Foto. Dalk kan hy 'n foto iewers tussen sy ma se goed opspoor dan sal hy verseker weet, maar vir vanaand gaan hy vergeet van daardie moontlikheid. Hy het 'n baie spesiale aand vir hulle beplan. Niks mag hierdie aand bederf nie. Môre, môre sal hy verder kom grou tussen al die goed, daar moet net iewers iets wees.

Op pad na die Landgoed om Leonie te gaan oplaai dwaal sy gedagtes telkens terug na die brief. Soos hy nader kom aan die landgoed begin sy hart al opgewonde klop.

Leonie bekyk haarself in die spieël. Vanaand wil sy op haar mooiste lyk vir Adam. Dit was so lekker om haarself mooi te maak. Iets wat sy lank laas gedoen het toe Jako deel van haar lewe was. Vanaand wil sy beslis Adam Verster se voete onder hom uitslaan. Hoe meer sy hom sien hoe meer hou sy van hom. Sy stap deur sitkamer toe. Willem Verster gee 'n skril fluit as sy by die deur inkom.

"Sjoe! jy lyk pragtig my kind. Hoe wens ek nou ek was 20 jaar jonger" terg hy en trek haar styf teen hom vas.

"Dankie Pa."

Die wit Mercedes kom by die hek ingery en hou reg voor die motorhuis stil. Adam klim uit en kom in die plaveisel- paadjie opgestap. Elize verkyk haar aan die man wat aangestap kom, besef weereens hoe aantreklik hy is. Geen wonder Leonie het so vinnig haar hart verloor nie. Sy lyk net so pragtig vanaand. Adam is netjies geklee in swart hemp en denim. Skielik herinner dit haar ook sterk aan Willem toe hy jonger was. Daardie selfde doelgerigte stap. Snaaks sy het dit nie vroeër opgemerk nie. Sy weet sy moenie, maar sy bly maar onrustig oor die verhouding tussen hom en Leonie.

Adam wou nog sy hand lig om die klokkie te druk, maar die deur gaan oop. Verstom staar hy na Leonie.

Sy lyk pragtig. Om haar beurt staar sy hom ook aan. Sy blou oë ontmoet hare, soek na die bevestiging van dit wat sy in haar hart voel. Sy hart raak onstuimig aan die klop.

Elize maak haar ongemaklik uit die voete. Adam staan nader, neem Leonie in sy arms en druk haar vir 'n paar oomblikke net styf teen hom vas. Hy ruik haar parfuum, voel die ligte bewing in haar liggaam. Die vrees dat hy haar dalk gaan verloor neem weer van hom besit. 'n Gevoel waarteen hy met alles in hom stry.

"Jy lyk pragtig Leonie, groen pas by jou mooi oë.

"Jy lyk self baie aantreklik vanaand Adam Le Roux" sê sy sag, tergend. Adam stoot haar sag weg en plaas sy hand onder haar ken. Hy kyk weer in daardie blink groen oë en soen haar dan sag op haar glansende lippe.

Leonie gooi haar arms om sy nek en trek sy lippe vaster teen hare. In hierdie kosbare oomblikke maak niks ander saak as net die warm gevoel tussen hulle nie. So staan hulle vir 'n hele paar oomblikke.

'Wat 'n pragtige paartjie?" verbreek Willem die stilte agter sy vrou wat gefassineerd deur die gordyn na hulle staar.

"Ja, hulle is," gee sy toe. Tog is daar steeds hierdie voorgevoel in haar. Asof iets gaan gebeur wat weer Leonie se hart gaan breek. Sy is versigtig, stry daarteen om met Willem daaroor te praat.

"Maar...?" onderbreek Willem haar gedagtes.

Elize trek haar skouers op. "Ek weet nie Willem. Ek wil haar graag gelukkig sien. Tog voel ek onrustig oor die hele ding, maar ek wil nie spoke opjaag nie. Wat as hy net haar hart breek en weer verdwyn? Destyds met Jako het ek ook so 'n gevoel gehad. Om die waarheid te sê, het ek later myself wysgemaak dat dit net my verbeelding was, maar toe hy so skielik net verdwyn het, het ek verstaan waarom ek so gevoel het. Ek weet nie wat dit is nie, maar iets is iewers nie pluis nie. Adam is 'n baie aantreklike aangename man, dit moet ek toegee. Daar is iets amper bekend aan hom. Dit kan die ooreenkoms tussen hom en Jako wees. Dalk het ek hom iewers gesien. Ek weet nie."

"Ek dink hierdie keer is jy verkeerd my vrou. Anders as met Jako het ek van die begin af van Adam gehou. Ek glo hy is 'n opregte man met baie ambisie. Die ding met sy besigheid het hom byna onder gekry. Ek wil hom so gou moontlik terug op sy voete sien. Ek is oortuig daarvan dat hy weer 'n groot sukses van sy besigheid gaan maak. Leonie was lank eensaam na die ding met daai Jako vent. Sy verdien beter. Onthou sy is ook nie meer 18 jaar oud nie. Kom ons gun hulle die geleentheid om mekaar beter te leer ken, om lekker verlief te wees. Wie weet, dalk wil Leonie een of ander tyd met 'n gesin begin, 'n ma wees. Ek weet sy sal 'n goeie ma wees. En Adam, ons moet hom net nog beter leer ken, maar ek is seker hy sal ook 'n liefdevolle pa wees. Kyk nou net daar, is dit nie 'n mooi prentjie nie. Onthou ons was ook jonk. Nie een van ons weet regtig wat die toekoms inhou nie."

"Willem ek weet jy bedoel goed, maar ek voel nie gerus nie. Die man het net te vinnig in haar lewe gekom en dit op 'n omstrede manier. As dit nie vir Leonie was nie...."

"Was hy dalk nie hier nie," voltooi Willem haar sin. Dinge gebeur soms met 'n doel my vrou. Dalk moes dit so wees?

"Ek weet nie Willem. Solank dit nie die noodlot is nie."

Buite neem Adam Leonie se hand en maak die motor deur vir haar oop.

"Ons eerste amptelike date, dit voel of ek jou al jare ken, tog weet ek nog nie veel van jou nie," merk Leonie glimlaggend op.

"Die eerste van baie, wil Adam sê, maar die gedagte aan die brief laat hom eers 'n rukkie swyg. Hoe graag wil hy hê dit moet die eerste van baie aande saam met haar wees.

"Al wat ek wil hê is dat jy die aand geniet Leonie. Vanaand vergeet ons van alles en almal en geniet mekaar se geselskap. Dis vir my 'n eer om so 'n pragtige vrou aan my sy te hê." Hy druk saggies haar hand.

Leonie se foon begin lui, net nadat Adam die motor deur vir haar toemaak. Sy wil eintlik nie nou antwoord nie, want haar tyd saam met Adam is vanaand vir haar baie kosbaar. Sy kyk na die onbekende nommer en druk die foon dood.

"En as jy nou so frons Leonie?" wil Adam weet toe hy langs haar in die motor klim. "Jy mag maar antwoord, tensy dit persoonlike oproep is," terg hy.

"Ek ken nie die nommer nie, dis heel moontlik weer iemand wat 'n foonkontrak of iets aan my wil afsmeer, maar ek sal later terugskakel. Ek geniet liewer 'n paar minute meer saam met jou. Jy kan ontspan, daar is tans geen persoonlike oproepe wat sal deurkom nie. Tensy dit my ma of pa is," lag sy.

"Goed om te weet," merk hy sag op. "maar jy het ook 'n lewe."

Dis half skemer in die motor. Sy kyk op na hom. "Vanaand is die feit dat ons saam is, my lewe."

"Dankie Leonie, dit laat my sommer baie spesiaal voel. Jy is vir my ook baie spesiaal."

Sy leun oor na hom en rus haar kop 'n paar minute op sy skouer. Dit voel so goed.

'n Rukkie later begin haar foon weer lui. Dis dieselfde nommer as vroeër. Sy druk die foon weer dood, maar hoekom lyk die nommer dan vaagweg bekend? Sy gaan terug op haar foon en bekyk weer die nommer. Ja dit lyk half bekend, asof dit iewers 'n klokkie lui. Ag wat, besluit sy, wie dit ook al is, sy sal later terugskakel. Sy bêre die foon en glimlag op na Adam wat kort-kort in haar rigting kyk.

Minute later daal 'n stilte in die motor neer. So asof net die saamwees genoeg is. Tog begin 'n onrustigheid aan Leonie knaag. Hoekom pla daardie telefoonnommer haar so. Miskien moes sy maar geantwoord het, maar haar hele wese stry daarteen.

Adam sukkel om sy gedagtes oor die brief van sy ma hok te slaan. Hoe meer hy daaraan dink, hoe groter die vrees dat hy Leonie gaan verloor. Wat nou as sy werklik sy bloedsuster is. Is dit dalk die rede waarom hulle al van die eerste dag af hierdie band tussen hulle voel. Nee! dit mag nie so wees nie. Dit wat hy vir haar voel is anders, soveel dieper.

Hy hou by die restaurant stil, klim uit en kom omgestap om die deur vir haar oop te maak. Hy moet eers terugstaan om die motor langs hulle kans te gee om te parkeer. Tot haar frustrasie lui haar foon weer. Nog steeds dieselfde nommer. Sy druk dit inderhaas dood en skakel die foon af.

Sy glimlag vir Adam wat die deur oopmaak. Hy neem haar hand, help haar uit en sluit die motor. Sy is heimlik bly hy het nie agtergekom dat haar foon weer gelui het nie. Die gedreun van die motors in die besige straat agter hulle het verhoed dat hy dit hoor lui. Sy is opgewonde oor die aand. Die laaste keer toe sy saam met iemand geëet het was toe sy en Jako saam was. Eienaardig genoeg was dit hierdie restaurant.

By die deur word hulle hartlik verwelkom deur 'n kelnerin. "Het u bespreek?" wil sy weet.

"Adam Le Roux, tafel vir twee," glimlag Adam.

"Natuurlik, volg my asseblief," beduie sy.

Sy lei hulle na 'n gedeelte heeltemal eenkant dieper die restaurant in.

Leonie snak na haar asem toe sy die tafel sien. 'n Kaggelvuur knetter gesellig aan die een kant. Die lig van die vlamme weerkaats deur die sjampanje glase op die tafel. Regs in die hoek nie ver van die kaggelvuur af nie is 'n yslike bos blomme met die mooiste kleure. Die tafel is oorgetrek met 'n wynrooi tafeldoek. In die middel van die tafel staan nog 'n blompot met wit, rooi en geel blomme met groen blaartjies tussenin gerangskik. Dis half skemer in die hoekie, stil en weg van die meeste geraas.

"Sit!" nooi Adam en trek die stoel vir haar uit.

Sy kyk op na Adam toe hy regoor haar plaasneem. 'n traan blink in haar oë. "Dis so pragtig Adam. Jy moes nie soveel moeite laat doen het nie. Ek weet jy gaan deur 'n moeilike tyd en hierdie moes jou redelik baie gekos het."

Hoofstuk 6

"Leonie!" begin hy, gemaak streng. "Ek wil niks hoor nie. Ek wou hê hierdie moet 'n aand wees wat jy altyd sal onthou. Vir 'n pragtige vrou soos jy sal ek my laaste sent spandeer as ek moet. Buitendien, dit gaan alreeds beter met die maatskappy. Binne 'n paar maande sal dit nog beter gaan, danksy jou pa.

Leonie stoot haar stoel terug, staan op en leun oor na Adam. Sy soen hom sag, gevoelvol op sy lippe. "Baie dankie Adam, dis so verskriklik pragtig, jy laat my so spesiaal voel. Dis so...romanties."

"Dit was die idee my skattebol. Dis 'n eer om jou vanaand so naby my te hê. Net ek en jy. Sjampanje?"

Die noem van die troetelnaam bring 'n warm blos oor haar wange. Met sy een hand streel hy sag oor haar wang. "Weet jy hoe pragtig lyk jy vanaand?"

Die aand verloop gesellig en elke oomblik is spesiaal.

Veel later terwyl hulle terugry vanaf die restaurant met Leonie se kop knus teen Adam se arm, begin die gedagtes aan die moontlikheid dat Leonie dalk sy suster is weer aan Adam knaag. Die aand was absoluut spesiaal.

Hy neem homself voor dat hy môreoggend deur daardie hele kamer sal gaan. Iewers moet daar tog iets wees wat kan bevestig of Willem Verster, die Willem

Verster, wel sy biologiese Pa is of nie. Met sy hele hart wens hy dat dit nie so sal wees nie.

En as dit wel so is? Hy wil nie eers daaraan dink nie. Hoe op aarde gaan hy dit aan Leonie verduidelik? Hoe gaan hy dit aan Willem Verster verduidelik; en wat gaan Willem Verster se reaksie wees. Die man het hom baie gehelp, hy kan nie weer bekostig om alles te verloor nie.

Veel later, kyk Leonie Adam se motor agterna. As sy kon sou sy hom net hier wou hou, hom nooit wou laat gaan nie. Vir 'n meer volmaakte aand kon sy nie gevra het nie. Tog het dit soms gelyk of Adam onrustig was. Dit het seker maar te doen met sy maatskappy. Hy moes amper weer heel onder begin. Sy onthou skielik van die oproepe vroeër die aand op haar foon en skakel haar foon aan.

Daar was in totaal 5 pogings van die nommer af, die laaste een skaars 5 minute gelede. Sal sy maar terugskakel? Wie sal haar hierdie tyd van die nag nog wil skakel, dalk is dit net iemand wat verkeerde nommer het. Sy verbeel haar net dat dit bekend lyk. Haar vinger huiwer op die foon. Miskien moet sy maar môre terugskakel. Dis laat en sy is nogal moeg. Sy mis klaar vir Adam. Sy wil haar in haar duvet toedraai, elke oomblik van die aand weer herleef en van hom droom. Sy skakel weer die foon af en sit dit op haar bedkassie neer.

Die volgende oggend terwyl Leonie besig is in die kombuis begin haar foon lui. Dieselfde nommer wat gister verskeie kere geskakel het. Sy haal eers 'n slag diep asem voor sy antwoord. Laat sy dit nou maar agter die rug kry.

"Hallo!"

"Hallo Leonie. Dankie tog. Ek het so gehoop jy sal antwoord…"

"Wie praat nou?" vra sy, alhoewel sy met skok besef wie dit eintlik is. Haar hand begin bewe. Sy is nie seker of dit van ontsteltenis of blydskap is nie. Sy weet nie eintlik wat sy veronderstel is om te voel nie. Nou weet sy hoekom die nommer so bekend gelyk het en waarom sy so onrustig daaroor gevoel het. Sy weet nie of sy vir hom moet kwaad wees of bly wees dat hy na al die jare homself verwerdig om haar te skakel nie. Hy kon haar nie eens 'n grondige rede gee waarom hy aan die vooraand van hul verlowing net uit haar lewe gestap het en toe met iemand anders gaan trou het nie.

"My maggies Leonie my engel, herken jy nie eers my stem nie. Dis Jako, Jako Denver!"

"Jako…" Skok is duidelik hoorbaar in haar stem.

"My engel…" begin hy. "Ek weet ek het jou lelik in die steek gelaat destyds. Ek is jammer daaroor. Ek kon jou nog nooit uit my gedagtes kry nie. Ek het gesukkel om jou foon nommer weer in die hande te kry. Jammer oor destyds. Ek het die fout van my lewe gemaak. Vergewe my asseblief. Ek weet…."

Leonie druk geskok en terselfdertyd omgekrap die foon dood. Sy wil niks van hom hoor nie, net om sy stem te hoor ontstel haar klaar. Hoe durf hy, na al die jare se wonder waar sy gefaal het, haar net weer skakel en verwag dat sy hom net moet vergewe? Trane brand skielik in haar oë. Dit kan nie op 'n slegter tyd in haar lewe gebeur het nie.

Die foon begin weer lui. Sy het nie nou die krag om met hom te praat nie. Buitendien, sy het besluit om aan te beweeg. Sy sien Adam se gesig in haar gedagtes en glimlag deur die trane. Elke keer druk sy net die foon dood, maar Jako laat hom nie afskrik nie, hy hou aan skakel.

Leonie sluk haar trane, vee dit met 'n sneesdoekie af en skud haar hare reg. Hoe gouer sy vir Jako Denver sê waar hy staan, hoe beter, besluit sy dan.

Toe die foon weer lui antwoord sy. "Luister Jako. Ek het aanbeweeg. Jy is nie meer deel van my lewe nie en jy sal nooit weer wees nie. Moet my nooit weer bel nie. Sover ek weet is jy getroud. Waar is jou vrou? Jy het haar gekies, gaan aan met jou lewe en los my uit!"

"Asseblief my engel..." onderbreek hy haar.

"Ek is nie jou engel nie. Bly uit my lewe uit...!"

"Asseblief Leonie, ek wil jou sien. Ek wil graag verduidelik. Ons moet praat!"

"Ek het niks vir jou te sê nie Jako, moet my asseblief nie weer bel nie, verstaan jy? Ek het geen begeerte om jou te sien nie. Wat my aanbetref is jy dood in my lewe. "

"Asseblief Leonie, kan ons nie iewers gaan sit en alles uitpraat nie? Ek en Francis is geskei. Dit het nie uitgewerk nie. Ek is nog steeds lief vir jou, was nog altyd en ek weet jy is nog lief vir my."

"Nee Jako. Wat ons gehad het is verby, lankal verby. Daardie dag toe jy uit my lewe verdwyn het, het jy dit beëindig. Jy het my hart gebreek en my net so gelos. Ek het jou hoeveel keer geskakel en jy het verkies om nie my oproep te beantwoord nie. Nou verwag jy skielik ek moet na jou verduidelikings luister. Niks wat jy nou gaan sê gaan opmaak vir die seer wat jy my aangedoen het nie. Niks wat jy nou sê gaan enigiets verander nie. Hoe gouer jy dit besef hoe beter."

"Leonie, my engel, ek is regtig jammer daaroor, ek sal enigiets doen om te vergoed daarvoor. Of is daar iemand anders?"

"Ek is nie jou engel nie en ja daar is iemand anders. Jy het seker nie gedink ek gaan my lewe lank vir jou wag nie. Veral nie nadat jy my so seer gemaak het nie."

Hy bly 'n rukkie stil voor hy weer vra: "Is jy getroud?"

Leonie oorweeg dit vir 'n oomblik om te sê; 'ja ek is getroud!' maar bedink dan haarself.

"Nee, ek is nie getroud nie, maar dit verander niks en het niks met jou te doen nie. Ek gaan nou neersit en moet my asseblief nie weer lastig val nie. Totsiens Jako!" sy ignoreer sy pleidooie en druk die foon dood.

Die foon lui weer 'n paar keer, maar sy ignoreer dit. Vir 'n paar oomblikke is dit teveel vir haar en trane rol oor haar wange. Hoe durf hy net weer in haar lewe kom instap asof daar niks gebeur het nie. Hoekom nou?

"Môre Leonie," groet haar ma onverwags hier langs haar. "En nou my kind? Hoekom lyk jy so ontsteld?."

Leonie skud haar kop.

"Met wie het jy op die foon gepraat? Het jy en Adam 'n uitval gehad?"

"Nee ma, dit was nie Adam nie."

"Nou wie op aarde het jou dan so ontstel? Wat gaan aan? Wat is fout Leonie?" sy slaan haar arm om haar dogter.

Leonie sluk haar trane weg. "Ma sal nooit raai nie!"

"Nou sê dan vir my wie jou so ontstel het."

"Jako Denver!"

"Jako Denver? Wat het hy oor homself te sê? Ek glo dit nie!"

"Nou, na al die jare wil hy kastig kom verduidelik waarom hy my soos 'n warm patat gelos het."

"O, en wat het hy toe gesê?"

"Ek het hom nie kans gegee nie ma. Nou wil hy my kastig sien en verduidelik. Ek wil niks met hom te doen hê nie. Ek sal hom nooit weer kan vertrou nie."

"Ek dog die man is getroud?"

"Blykbaar is hulle weer geskei. Dit het nie uitgewerk nie, nou is ek skielik weer goed genoeg. Ek is klaar met hom Ma."

"Ek verstaan hoe jy daaroor voel my kind maar dalk moet jy tog maar net luister wat hy te sê het. Dalk is daar 'n baie goeie verduideliking. Julle twee was baie na aan mekaar. Julle het op trou gestaan..."

"Nee ma! Wat se goeie verklaring kan daar wees. Ek het reeds bedenkinge oor hom gehad voor hy my gevra het om te trou, maar toe hy my vra om te trou het ek gedink ek verbeel my net. Ons het voortgegaan met die reëlings asof niks verkeerd was nie. Hy het meer as genoeg geleenthede gehad om daarteen te besluit, maar hy het nie. Selfs toe ek hom probeer bel het. Hy kon net eerlik met my gewees het. Dit sou veel beter gewees het as om net so uit my lewe te stap. Nou was hy kastig nog altyd lief vir my en kan my nie uit sy gedagtes kry nie, het kwansuis die fout van sy lewe gemaak. Ek glo hom nie! Buitendien, Adam is nou daar."

"Dis waar my kind maar dalk moet julle maar die ding uitpraat en die ding agter julle sit anders gaan jy maar altyd wonder waarom hy dit gedoen het. Julle was twee jaar in 'n verhouding, hy was amper soos 'n permanente kuiergas hier by ons."

"Dis hy wat opgemors het ma, jammer maar ek het geen begeerte om hom weer te sien of na enige van sy verduidelikings te luister nie. Wat sou ma gedoen het?"

"Ek weet nie my kind. Jy is nou in elk geval te ontsteld om 'n besluit te neem. Gee dit 'n dag of wat dan besluit jy daaroor."

"Ek kan nie ma, wat is daar om te besluit. Wat van Adam? Wat gaan ek vir hom sê?"

"My kind, ek weet hoe jy oor Adam voel maar jy is mos niks aan hom verskuldig nie. Julle ken mekaar skaars 'n maand."

Leonie gee haar ma 'n beskuldigende blik. "Ma hou nie van hom nie nè, maar ek is lief vir hom of ma dit nou wil hoor of nie. Verwag ma regtig ek moet my tyd verder mors met Jako Denver? Hy het my hart gebreek, of het ma vergeet. Maak dit dan nie eers vir ma saak nie?"

"Dis nie dit nie Leonie. Ek besef Jako verdien nie regtig nog 'n kans nie. Ek weet hy het jou baie seergemaak. Ek het selfs dikwels gewens ek kon die man aan sy strot gryp oor wat hy aan jou gedoen het. Tog dink ek jy moet hom kans gee om te verduidelik, maar los dit nou eers, jy is te ontsteld."

Adam het vroeg opgestaan en pak die spaarkamer met mening aan. Hy moet vandag nog sekerheid kry oor sy Pa. Dalk net iewers 'n foto of iets wat kan bevestig dat daar 'n ander Willem Verster is wat sy biologiese pa is.

Daar is stapels en stapels rekeninge en kwitansies. Elke keer as Adam 'n koevert of album optel raak hy hoopvol. Op 'n stadium kom hy op 'n brief af wat sy ma geskryf het en seker nooit die moed gehad het om te pos nie.

Dit lui;

Liefste Willie.

Ek het jou vandag saam met haar gesien by die restaurant. Ek weet dit was ek wat ons verhouding beëindig het, maar om jou saam met haar te sien breek nog steeds my hart. Ek kon nie verstaan hoekom julle so gou getrou het nie, maar iemand het gesê sy is swanger, skaars 3 maande nadat julle ontmoet het. Toe het ek ook maar getrou. Ek besef nou dat dit ek was wat jou in haar arms ingedryf het.

Daar is iets wat ek jou moet vertel. Ek weet my tydsberekening is nou baie sleg, maar ek moet jou sê. Dit gaan 'n skok vir jou wees, maar ek kan dit nie langer van jou weerhou nie. Ek mag nie. Onthou jy nog ons laaste aand saam so vyf maande gelede? Sal ek dit ooit vergeet? Dit was die beste aand van my lewe, maar om terug te kom tot die punt; Ek is swanger. Ek weet dit is jou kind. Ek vermoed dit al vir 'n paar maande, maar wou dit nie aanvaar nie. Gister was ek by die dokter wat dit bevestig het. Daan weet nog nie. Hy gaan woedend wees as hy uitvind. Ons is skaars 'n maand getroud.

Dit blyk of die brief net halfpad geskryf is.

Later ontdek Adam 'n album waarvan party foto's verwyder is. Sou dit die foto's wees van sy ma en die Willem Verster? Wonder hy. Sy vermoede word later bevestig toe hy op 'n foto afkom waaronder geskryf staan; *'Ek en Adam, Willem sou so trots gewees het.'*

Dis 'n foto van sy ma met 'n pap baba in haar arms. Dit lyk of die foto in die hospitaal geneem is. Nie veel verder nie kom hy op nog 'n foto af waar sy ma en nog 'n vrou by 'n bababed staan. Onder aan lees hy; *'Ek en Sus by Adam se kot'* Hy herken sy Tant Rosetta, sy was nog baie jonk toe die foto geneem is. Skielik wonder hy of hy nog êrens 'n kontak nommer van haar het. Hy onthou dat hy haar laas gekontak het toe sy moeder oorlede is. Die nommer moet nog iewers wees, maar wie sê sy het nie al haar nommer verander nie? Dalk kan sy meer lig op die saak werp. Sy moes seker geweet het wie se kind hy was. Natuurlik, dit gaan veel makliker wees. Of sou sy ook onder die indruk gewees het dat hy Daan Pretorius se kind was. Sou sy ma al die jare die geheim vir haarself kon hou?

Daar is nog foto's van hom en sy ma by verskeie geleenthede, maar nêrens kom die naam Willem Verster weer voor nie.

Dit is reeds donker toe Adam gefrustreerd die aftog blaas. Hoe is dit moontlik dat daar nêrens eers een foto van Willem Verster is nie. Sy ma het baie seker gemaak dat al die foto's waarop Willem Verster verskyn verwyder is, maar hoekom sou sy al haar herinneringe net so vernietig het? Volgens die half geskrewe brief was sy tog baie lief vir Willem Verster. Hy weet Daan Pretorius was 'n moeilike man en sou seker geen foto's van haar vorige minnaar geduld het nie. Dus moes sy daarvan ontslae raak voordat hy daarop afkom, maar sy het dit tog gewaag om een foto met die woorde; Willem sou so trots gewees het, onderaan van haar en hom as baba te los. Of het sy net die een gemis? Daar is net een ander uitweg. Hy moet tant Rosetta probeer in die hande kry.

Dit neem hom nie lank om die lys van familielede op te spoor nie. Hy staar na die nommer onder sy vinger en wonder; is dit nou die uur van waarheid? Weet sy van Willem Verster? Wil hy regtig die waarheid hoor? Hy kyk op sy horlosie. Dis amper agtuur die aand. Die foon in sy sak begin lui. Dis 'n onbekende nommer.

"Hallo!"

"Adam!"

"Ja, dis Adam wat praat, goeienaand. Met wie praat ek nou?"

"Dis Elize Verster, Leonie se ma..."

"Goeie naand mevrou Verster." Antwoord hy verbaas. "Gaan dit nog goed?"

"Dit gaan goed onder omstandighede ja..."

Adam frons "Is alles nog reg met Leonie? is daar fout?"

"Ek voel net ek moet met jou praat," gaan sy voort. "Belowe my dat hierdie gesprek net tussen jou en my gaan bly. Ek weet jy gaan dalk nie daarvan hou nie, maar my dogter se geluk is vir my ook belangrik."

Die frons op Adam se voorkop raak al hoe dieper. Dit is asof hy kan aanvoel dat hierdie gesprek hom gaan ontstel. "Het iets gebeur?" vra hy besorg.

"Belowe my hierdie gesprek sal net tussen my en jou bly?" dring sy aan. "As jy omgee vir haar sal jy luister wat ek wil sê."

"Natuurlik mevrou, u het my woord. Wat is fout?"

"Soos ek gesê het is Leonie se geluk vir my belangrik. Sy mag nooit weet van hierdie gesprek nie.

Nie eers Willem mag hiervan uitvind nie. Dalk sal Leonie dit later teenoor jou noem..."

"Wat? Ek verstaan nie mevrou. Ek luister."

"Ek weet Leonie is verlief op jou en jy op haar, maar sy is deur 'n baie moeilike tyd en ek wil nie hê die ding moet te vêr gaan voordat sy doodseker in haar hart is nie. Sy was baie lief vir Jako Denver, maar is beslis nog nie oor hom nie. Ek is bang sy sien vir Jako Denver in jou. Ek wil glo jou intensies is opreg. Jako Denver het haar vanoggend gekontak. Hoe omgekrap ek ook al oor hom was omdat hy haar destyds in die steek gelaat het, dink ek sy is nog steeds lief vir hom. Sy was geweldig ontsteld oor sy oproep. Dit het my laat besef dat sy dalk nog meer vir hom voel as wat sy wil erken. Jako wil haar graag sien, aan haar verduidelik waarom hy gedoen het wat hy gedoen het. Ek voel hy verdien nie werklik die kans nie, maar as sy nog steeds lief is vir hom wil ek hulle die geleentheid bied om dinge reg te maak. Hulle was lank saam en het byna op troue gestaan. Ek weet wat ek vra gaan nie vir jou maklik wees nie. As dinge dan nie uitwerk nie sal ek nie in jou pad staan nie. Probeer verstaan dat ek dit net om haar ontwil doen. Gee haar asseblief ruimte om haar eie gevoelens uit te sorteer. As sy jou bel en dit noem, verduidelik aan haar dat sy liewer eers die ding met Jako Denver moet uitsorteer asseblief. Ek is seker jy wil nie later seerkry as sy besluit om hom te kies nie. Kan ek op jou staatmaak?"

Sprakeloos staan Adam met die foon in sy hand. Dis asof iemand 'n dolk hier in sy hart steek. Gaan hy haar verloor nog voor hy haar gehad het. Sy hele wese kom in opstand binne in hom. Verlief op haar? Nee hy is beslis nie net verlief op haar nie, hy is lief vir haar. Miskien ken hulle mekaar nog net 'n klein rukkie, maar in die klein rukkie het sy 'n baie spesiale plek in sy hart gevul. Hoe kan haar ma net van hom verwag om terug te staan en dit vir 'n skuim soos Jako Denver?

"Kan ek op jou staatmaak Adam?"

Daar is 'n desperaatheid in Elize Verster se stem, of is dit net om hom Adam uit haar dogter se lewe te kry. Hy is bewus daarvan dat sy van die begin af nie baie geneë was oor sy verhouding met Leonie nie. Dan kom die ander onsekerheid oor Willem Verster, sy pa weer in sy gemoed op. Sê nou net Willem Verster is wel sy pa, dan is Leonie sy suster. Dalk is dit hoekom dinge nou gebeur soos dit gebeur. Dalk is dit vereers beter so. Dalk is Mevrou Verster reg. Dalk is Leonie nog steeds lief vir Jako Denver. Hy hoor weer haar woorde daar onder die boom; "Ek was so lief vir jou Jako. Ek het jou my alles gegee, my alles, my hele hart. Ons het soveel drome saam gehad. Hoekom het jy dit aan my gedoen!"

"Adam, is jy nog daar? Gee my asseblief jou woord," dring Elize Verster verder aan.

"Dis reg so my vrou. U het my woord. "

"Baie dankie Adam. Ek besef natuurlik dat jy en Willem dikwels met mekaar te doen gaan kry. Wat Willem vir jou doen, is uit sy hart. Ek is seker jy wil graag weer 'n sukses van jou besigheid maak en jy kan dit nie doen sonder sy finansiële bystand nie. Hou asseblief julle verhouding professioneel vir nou."

"Natuurlik mevrou Verster, ek verstaan."

Hy sit die foon op die tafel neer en gaan sit verslae met sy kop in sy hande. Wat nog? Gaan hy Leonie sommer net so verloor, so asof sy nooit deel van sy lewe was nie. Is dit hoe die noodlot gaan wees. Deksels! Hy is lief vir Leonie. Hoekom het sy hom nie laat weet dat Jako Denver haar gekontak het nie? Is dit dalk omdat sy in haar hart nog steeds gevoelens het vir die man en te bang is om met hom te praat. Kan sy nog lief wees vir hom? Ja, dis waar, hy en Leonie ken mekaar nog nie lank nie, tog het sy so deel van hom geword in hierdie paar weke. Hoe kan hy in elk geval verwag dat sy hom net moet bel? Hy self het nog nie eens die moed gehad om haar te vertel dat sy dalk sy eie bloed suster is nie.

Hoofstuk 7

Sy oog vang weer die lys name waar hy sy tante se nommer oomblikke gelede gesien het. Hy moet vanaand nog weet, besluit hy en gryp sy foon.

Hy skakel haar nommer. Hopelik is Tant Rosetta nog wakker. Hoe gouer hy die waarheid weet hoe gouer sal hy daarmee kan vrede maak en die regte besluite kan neem. Die foon lui 'n geruime tyd voor sy antwoord.

"Hallo. Rosetta wat praat!" antwoord sy.

"Tant Rosetta, goeie naand. Dis Adam Le Roux, tante se suster se seun."

"Adam? My genade kind, hallo jong! Hoe gaan dit met jou?"

"Goed dankie en met tante? Jammer ek skakel so laat. Hoop nie ek het tante wakker gebel nie?"

"Nee toemaar jong, ek sukkel maar om aan die slaap te raak. Dis nou 'n verrassing om jou stem te hoor. Hoe gaan dit met die besigheid jong?"

"Nie so goed nie, maar dit sal binnekort beter gaan," antwoord hy, maar kan nie help om te wonder hoe die verwikkelinge sy verhouding met Willem Verster in die toekoms gaan beïnvloed nie. Iets wat hy vereers nie aan wil dink nie.

"Jammer om dit te hoor jong, maar ek is bly as daar hoop is."

"Dankie tante, maar dis nie waaroor ek skakel nie. Daar is iets anders wat ek graag wil weet. Het tante my Pa geken?"

"Jou Pa...? ja ek het vir Daan geken, jy weet mos?"

"Nee tante, nie my stiefpa nie, my eie pa?"

Sy aarsel 'n oomblik "Hoe nou my kind?"

"My ma het vir my 'n briefie gelos. Ek het dit toevallig tussen al haar goed ontdek toe ek daardeur gegaan het. Sy sê my Pa se naam is Willem Verster."

Daar is weer 'n paar oomblikke se stilte voordat sy antwoord.

"'n Briefie sê jy? Jong eintlik het ek nie veel van hom geweet nie. Ek het hom net vlugtig eendag ontmoet met jou Ma se verjaardag jare gelede. Sy het my gevra om stil te bly daaroor en ek het haar belowe. Jammer jy moes so uitvind jong."

"Dit is alles reg tante. Ek wil hom net graag ontmoet, of ten minste sien hoe hy gelyk het. Tante het nie dalk 'n foto iewers van waar hulle saam was nie?"

"Jong, is jy seker dis wat jy wil doen? Sulke dinge is partymaal beter as jy dit doodstil laat staan."

"Ek wil baie graag weet hoe hy gelyk het tante, dan kan ek mos maar vrede maak daarmee. Dalk het tante iewers 'n foto van hom."

"Jong ek sal moet kyk Adam. Ek het 'n album van ons jong dae ook saam en dalk foto's van haar verjaardag daardie dag, dalk kan ek daar iets kry. Wanneer wil jy dit hê?"

Dis op die punt van sy tong om vir haar te sê dat hy dit nou wil hê, maar hy besluit daarteen. Dis reeds aand en hy wil haar nie nou verder lastig val nie.

"So teen môre se kant as dit moontlik is tante. Woon tante nog by dieselfde adres?"

"Ja ek bly nog al die jare hier. Goed dan kyk ek vir jou."

"Dankie tante, dan sien ek tante môre so teen 10 uur se kant."

"Doodreg kind, tot môre dan."

Nadat sy afgelui het stap Adam na die drank kabinet. Sy emosies is nou so deurmekaar en hy sal moet probeer ontspan en kophou. Weet Elize Verster wat sy van hom vra? Wat het sy teen hom? Is dit omdat sy besigheid in die moeilikheid is? Is dit oor sy simpel poging om sy eie lewe te neem? Hy voel nou nog skuldig daaroor. Of kyk sy neer op hom omdat Willem Verster aangebied het om hom te help? Hoe gaan sy optree as die Willem Verster wel sy biologiese pa is? Wat gaan Willem Verster sê as hy uitvind? Hoe gaan dit hul persoonlike verhouding beïnvloed en hulle besigheids- verhouding? En Leonie? Hy wil liewer nie nou daaraan dink nie. Dinge is genoeg deurmekaar soos dit is.

Hy skink vir hom 'n sterk whisky. Dalk help dit om hom kalmer te laat voel. Hy sak terug in sy geliefkoosde leunstoel en neem 'n groot sluk. Dit brand in sy keel af. Die beeld van Leonie se gesig, haar mooi oë en haar glimlag flits vir 'n oomblik deur sy gedagtes. Hoe gaan hy dit verduur om die seer in haar oë te sien as sy hoor hy is haar broer? Of gaan sy weer haar hart verloor op die Denver vent?

Hy kom orent in die leunstoel. Nee! Hy mag nie nou so daaraan dink nie. Leonie het dit duidelik gemaak dat sy klaar is met hom.

Dalk is sy pa nie hierdie Willem Verster nie, daar is nog hoop. Dit mag nie so wees nie. Hy weet nie hoe sy dit gaan hanteer nie. Dalk moes hy nooit 'n belofte aan Elize Verster gemaak het nie, maar gedane sake het geen keer. Hy kan maar net in sy hart hoop dat Leonie die regte besluit sal neem. As sy besluit om Jako Denver te kies sal hy dit maar net moet aanvaar. Dit sal vir hom een van die moeilikste dinge ooit wees, maar sy verdien om gelukkig te wees, maar as die vent waag om weer met haar te mors?

Sy foon begin weer lui op die tafel. Eers besluit hy om dit net te los, maar dit hou aan met lui. Dis sy tante sien hy toe hy dit opraap.

"Hallo Adam, hoop jy is nog wakker. Ek het sommer van die slimfoon tegnologie gebruik gemaak en vir jou 'n paar foto's uit my album aangestuur, maar jy is nog steeds welkom om môre 'n draai te kom maak."

"Dankie tante, ek waardeer al tante se moeite. Tante moet lekker slaap. Ek kan nie belowe ek sien tante môre nie, maar ek sal kyk hoe verloop my dag. Nogmaals dankie!"

"Lekker slaap my kind, sal lekker wees om jou bietjie te sien jong. Sterkte vorentoe met jou pa se dinge en so aan. Dink eers mooi daaroor. Onthou my deur staan altyd oop. Jy was lanklaas hier op die plaas."

"Dankie Tante, ek sal dit onthou. Geruste nag."

Adam sluk sy drankie met 'n paar vinnige teue af, stap na die kabinet en skink nog 'n drankie. Skielik is hy bang om die foto's oop te maak, bang dat sy grootste vrees waar is. Sy hande begin bewe. Hy lê weer terug in die leunstoel, haal 'n paar maal diep asem, sluk nog 'n paar vinnige slukke van sy drankie en besluit om dit agter die rug te kry.

Toe hy die eerste foto sien sak hy sy kop in sy hande. Die man op die foto langs sy ma is wel 'n jonger weergawe van hom, maar ongetwyfeld Leonie se pa. Hy sluk die res van sy whisky weg, staan op en skink nog een. So, die Willem Verster is sy eie pa. Hoekom moes dit nou so gebeur. Kon sy ma hom nie maar vroeër ingelig het nie. Eintlik kan hy haar nie kwalik neem nie. Daardie briefie lê al daar in die boks van nadat sy oorlede is, nog voor hy Leonie ontmoet het. Dalk was dit beter dat hy dit nie nog veel later ontdek het nie. Wat staan hom nou te doen? Hoe gaan hy vir Leonie sê? Dit verander drasties die belofte wat hy aan Elize Verster gemaak het, of doen dit nie? Die oomblik as hulle weet wie hy, Adam Le Roux werklik is, gaan almal se lewens drasties verander. Hy gaan Leonie in elk geval verloor. Hy het haar klaar verloor. Sal sy ooit aanvaar dat hy haar broer is? Sal hy haar ooit as sy suster kan sien? Nou met Jako Denver ook in die prentjie sal dit dalk beter wees as hy dan liewer terugstaan al stry sy hart en sy hele wese daarteen. Dalk besef sy, sy is nog lief vir die man en sal dit sake makliker maak. Dalk is dit hoe dit moet wees, maar vir die oomblik is dit teveel vir Adam. Hy besef dat hy nie nou enige besluite kan neem nie. Hy moet eers nugter oor alles dink en dan dit van daar af neem.

Deur die nag sukkel Adam om te slaap, die halwe bottel whisky ten spyt. Eers in die vroeë oggendure raak hy aan die slaap.

Leonie is al vroeg op. Sy is nog steeds ontsteld oor Jako Denver se oproep. Sy weet sy moet met Adam praat, maar het nog nie kans gesien om hom te bel nie. Miskien is dit beter dat hulle saam iewers gaan koffie drink. Sy moet hom net duidelik laat verstaan dat sy klaar is met Jako Denver. Adam is al wat nou saak maak. Sy wil hom nie verloor nie.

"More Leonie," groet haar ma. "Het jy darem lekker geslaap?"

"Môre ma. Nie regtig nie. Ek kan nog steeds nie glo Jako waag dit om my te bel na alles nie. Wie dink die man is hy?"

"Maak 'n afspraak met die man en gaan luister wat hy te sê het, dalk het hy regtig 'n goeie verduideliking. Hoe gouer jy weet hoe beter. Hy is nie regtig so 'n slegte man nie. Ons almal maak foute."

Leonie swaai om, kyk haar ma reguit in die oë. "Hoe durf ma sy kant kies na wat hy gedoen het? Wat se goeie verduideliking kan hy hê? Ek weet hy het nie 'n grondige verduideliking nie, want as hy gehad het sou hy lankal vir my gesê het. Net die feit dat hy my net so gelos het en met 'n ander vrou gaan trou het is genoeg rede om hom weer uit my lewe te kry en te hou. Buitendien, dit bly my keuse. Wat sien ma nog in die man? Ek is klaar met Jako Denver en hoe gouer ma dit aanvaar hoe beter. As ek ooit my lewe met 'n man gaan deel sal dit met Adam wees en ma beter dit nie waag om Jako Denver se naam teenoor Adam te noem. Ek sal dit self doen, sodra ek gereed is."

"Het ek Jako Denver se naam gehoor?" val Willem hulle in die rede. "Wat is aan die gang?" Hy kyk vraend van die een na die ander.

"Elize?" vra hy.

"Toemaar pa, ek sal maar vir pa sê; Jako het my gisteroggend sommer uit die bloute gebel. Kastig jammer oor wat hy aan my gedoen het. Kan pa dit glo, jammer maak nou alles reg."

"Ek hoop jy het hom in sy peetjie ingestuur, ek kan nie glo hy verwerdig homself om jou nou nog te bel ook nie. Ek het van die begin af nie van die man gehou nie. Ek weet jy was lief vir hom en dit was die enigste rede waarom ek hom verdra het. Wat het hy vir homself te sê?"

"Hy wil my sien pa, kamstig om te verduidelik. Dit maak nie saak wat se verduideliking hy het nie, ek is klaar met hom. Wat gaan ek nou vir Adam sê? Ek kan dit nie vir hom wegsteek nie, dit sal nie regverdig wees nie. Buitendien, sê nou hy vind uit en ek het stil gebly?"

"Vertel hom net die waarheid my kind, niks is ooit belangriker as die waarheid nie. As Adam die man is wat ek dink hy is sal hy dit verstaan. Hoe gouer jy dit doen hoe beter. Dan pla jou gewete jou nie en gee hom tyd om dit te verwerk."

"Dis presies wat ek ook gedink het pa." Ek sal hom bel en nooi om saam met my iets te gaan drink, maar hoe raak ek van Jako Denver ontslae?"

"Doen jy net wat jy moet doen my kind. Bly jy net by jou besluit en moenie toelaat dat Jako Denver of enigiemand jou anders oortuig nie. Elize, ek dink jy moet jou hier uit hou."

"Leonie is my dogter en haar geluk is vir my belangrik. Ek voel sy moet net luister wat Jako te sê het. Dit bly natuurlik haar keuse. Ek wil nie net inmeng nie, maar as sy weet waarom hy haar voorheen so skielik in die steek gelaat het sal sy nie later wonder hoekom nie."

"Elize, Leonie is my dogter ook. Ons albei se bloed is in haar are. Dit bly steeds haar keuse of sy na Jako se redes wil luister of nie. Persoonlik het ek al my respek vir die man verloor. Leonie, besluit self en kry die ding agter jou. Wat jy ook al besluit sal ek respekteer. Elize, ek weet jy bedoel dit goed, maar laat Leonie self hieroor besluit."

"Goed Willem," antwoord Elize, draai om en stap weg.

"Elize!" roep Willem haar terug. Hy neem Leonie se hand en stap na sy vrou. Hy slaan 'n arm om elkeen van hulle en druk hulle vir 'n oomblik styf teen hom vas. Kom ons gee mekaar 'n bietjie ruimte waar dit nodig is. Leonie, doen wat jy moet doen en onthou ons sal altyd hier wees vir jou, maak nie saak wat gebeur nie. "Totsiens," groet hy, neem sy aktetas en stap by die deur uit.

Elize draai om en stap kamer toe. Dalk moes sy liewer die hele ding gelos het sodat Leonie haar eie besluite kan neem. Dis net hierdie gevoel van onrus hier binne in haar vandat Adam Le Roux sy opwagting in hulle lewens gemaak het. Dis asof sy kan aanvoel dat iets gaan gebeur en daardie gevoel raak by die dag intenser. Al wat sy wil hê is dat Leonie gelukkig moet wees. Hoekom is dit juis vandat Adam op die toneel verskyn het dat hierdie gevoel in haar begin het? Sy hou Willem dop toe hy by die hek uitry werk toe. Sy weet hy bedoel goed, maar hoe verduidelik sy hierdie gevoel aan hom?

Leonie stap agter haar ma in. "Jammer ma. As ek dalk ondankbaar klink omdat ma dit goed bedoel."

Dis skielik of Elize skuldig begin voel oor haar oproep na Adam gister. Sy het nie die reg gehad om die man te forseer om 'n belofte aan haar te maak nie. Dis net hierdie gevoel van onheil wat haar die hele tyd dryf. Wat is dit aan Adam Le Roux wat haar pla? Sy kan net nie haar vinger daarop lê nie.

Die voordeur klokkie lui en sy haas haar fronsend na die deur. Sy kyk eers by die venster uit. Sy ken nie die motor nie. Willem het oomblikke gelede gery. Wie sou hierdie tyd van die oggend hier aankom?

Leonie kom ook ingestap. "Verwag ma iemand?" wil sy weet.

Elize trek haar skouers op. "Nee my kind. Ek ken ook nie die motor nie."

Leonie kom nader en loer versigtig deur die loergaatjie. Verskrik gee sy 'n paar tree terug. "Ek glo dit nie!" roep sy gedemp uit.

"Wie is dit Leonie?"

Leonie sit haar hand voor haar mond. "Ek wil hom nie sien nie!" roep sy sag uit. Haar hart raak onstuimig aan die klop. Sy wil net vlug. Sy is nie gereed hiervoor nie. "Dis Jako," antwoord sy gedemp. "Sê vir hom ek is nie hier nie ma, asseblief. Ek het nie krag hiervoor nie."

"Jako Denver!"

Leonie knik.

"Wil jy nie maar met die man praat en dit agter die rug kry nie my kind? Ek kan mos nou nie vir die man lieg nie."

Vir 'n paar oomblikke staan Leonie besluiteloos voor die deur, maar dan is dit asof die gebeure van 'n paar jaar gelede weer vars in haar geheue opkom. Die dag toe hy haar geskakel het, skaars 'n paar dae voordat hulle verloof sou raak. Toe hy gesê het dat hy nie meer met die verhouding wil voortgaan nie en die foon in haar oor neergesit het omdat sy aangedring het op 'n verduideliking. Sy gee 'n tree vorentoe en maak die deur oop.

Elize verdwyn geruisloos uit die voorhuis uit. Sy weet nie wat gaan gebeur nie, maar gaan hulle die kans gun om dinge uit te praat. Haar hart kom in opstand hier binne in haar teenoor hierdie man wat haar dogter so seer gemaak het, tog hoop sy dat hulle dinge kan uitsorteer en weer mekaar vind. Eerder dit as dat haar voorgevoel of wat dit ook al is oor Adam Le Roux bewaarheid word.

"Hallo my engel!" groet Jako en bring 'n bos blomme van agter sy rug te voorskyn.

"Hallo Jako," groet sy teensinnig terug en neem onwillig die blomme by hom. Sy retireer 'n paar tree toe hy vorentoe kom om haar in sy arms te neem.

"Kom sit!" nooi sy taktvol en plaas die blomme op die kaggel neer.

"Dankie Leonie" bedank hy en stap ongemaklik binne.

"Ek is jammer Leonie..." begin hy toe hy gaan sit.

"Spaar jou asem. Jy wou verduidelik. Ek wag!" val sy hom dadelik in die rede.

"Sit net eers Leonie. Asseblief!"

"Wat jy wil sê moet jy vinnig sê; ek staan sommer dankie," maak sy dit duidelik.

"Asseblief my Engel, ek verstaan jy is kwaad vir my maar..."

"Ek wag Jako en ek is nie jou engel nie, moenie my geduld toets nie. Wat is dit wat jou so vinnig gemotiveer het om my destyds sommer so in die steek te laat? Dis al wat ek wil weet!"

"Ek weet ek het jou bitter seer gemaak destyds," begin hy.

"Begin asseblief met iets wat ek nog nie weet nie." Val sy hom vinnig in die rede.

Jako Denver skuif ongemaklik op die stoel rond. "My maatskappy was in die moeilikheid. Ek weet ek het dit nie vir jou gesê nie, maar dit het nie goed gegaan nie. Ek wou dit nie eintlik aan jou erken nie. Ek kon nie van jou verwag om my vrou te word as ek nie seker was dat ek vir jou 'n goeie lewe kon bied nie," begin hy.

Leonie staan nader aan hom, hande in die sye. "O, en toe gaan trou jy met 'n model, toe maak dit nie meer saak nie, of hoe? Wat het sy jou aangebied om jou sovêr te kry om met haar te trou? Geld? Of was dit haar lyf wat telkemale op al wat tydskrif is gepryk het. Was ek te kuis vir jou manlike ego?"

"Leonie, asseblief luister eers en probeer verstaan! Op daardie stadium was dit net 'n besigheidsbesluit. Dit sou net 'n paar maande gewees het. Sy het my genoeg aangebied om my besigheid te red.

Dit was 'n Gerieflikheidshuwelik, bedoel om haar ex man af te skrik."

Leonie staar hom geskok aan. "Gerieflikheidshuwelik sê jy? en jy verwag ek moet dit glo. Het julle darem gerieflik saam gewoon ook? En ek het gedink ek ken my amper verloofde. Hoe lank was die plan al in jou kop? Hoekom het jy my dan gevra om met jou te trou en dit terwyl ek salig onbewus was van jou ander eskapades agter my rug? Ek ken jou nie Jako Denver. Wie is jy nou eintlik?"

"Dis nie wat jy dink nie Leonie. Nee ons het nie in dieselfde kamer geslaap nie. Sy het haar kant van die ooreenkoms nagekom, behalwe dat dit toe veel langer geneem het as wat ons beplan het. Gedurende daardie tydperk het dit maar op en af gegaan met my besigheid ook en sy het my weer 'n paar maal gehelp. Haar ex man het haar bly lastig val totdat sy 'n interdik teen hom verkry het. Hy het dit 'n hele paar maal oortree en is onlangs in hegtenis geneem. Dis hoekom ons toe geskei is. Dis hoekom ek nou hier is..."

Trane brand in Leonie se oë terwyl sy verwytend na Jako kyk. Met moeite beheer sy haar emosies. Sy kan nie glo dis dieselfde man met wie sy amper getrou het nie. Dit is 'n bedekte seën dat dit nooit gebeur het nie. Sy weet nie of sy hom moet stormloop en klap of dit liewer moet los nie. Hy is dit in elk geval nie werd nie. "Dankie Jako" sê sy sag. "Dis al wat ek wou weet. Ongelukkig is jou verduideliking lank reeds te laat. Jy het ook goed geweet dat ek dit nooit sou toelaat nie. Geen regdenkende vrou sou dit toegelaat het nie. Wat se soort vrou is sy dat sy so iets van man sal verwag terwyl sy weet dat hy byna op troue staan. Of het jy nooit die moed gehad om dit aan haar te noem nie?"

Sy draai om en stap na die kaggel, tel die blomme op en stap terug na hom toe. "Dê, vat jou blomme en gaan gee dit vir haar. Julle twee verdien mekaar!"

"Leonie..." keer hy.

"Trap!" roep sy uit. "Ek wil jou nooit weer sien nie, nooit weer nie! Hoor jy my!" Sy is na aan histerie.

Hy gooi sy hande in die lug, staan op en sit die blomme op die bank neer waar hy gesit het. Hy kyk haar smekend aan.

"Ek verstaan dat jy kwaad is. Kalmeer nou eers asseblief. Ek verstaan hoe jy voel. Ek is regtig jammer. Ek weet dit was verkeerd van my. Jy is nou te ontsteld. Kan ons asseblief later hieroor praat. Ek smeek jou! Ek bly lief vir jou!"

"Gee pad! Ek wil jou nooit weer sien nie. Gaan terug na jou ex vrou toe." snou sy hom toe en stoot hom sommer deur se kant toe. Sy slaan die deur agter hom toe en kyk hom agterna toe hy in sy motor klim en wegry.

Elize kom vinnig ingestap en sit haar arm om Leonie. "Ek kan nie glo wat ek hoor nie, daardie man is jou nie werd nie my kind."

"Ek moet met Adam praat. Hy moet weet hiervan voordat hy dit iewers anders hoor. Ek wil niks met daardie vent te doen hê nie en ma moet dit mooi verstaan. Ma het nou self gehoor."

"Dalk moet jy eers kalmeer voordat jy met Adam daaroor praat Leonie. Kom sit dan maak ek vir ons 'n lekker koppie tee."

Terwyl hulle gaan sit, lui Leonie se foon. Eers huiwer sy, want as dit Jako is weier sy om met hom te praat. Sy het genoeg van hom gehad. Dis Adam.

"Adam! Ek wou jou nou net bel. Dit gaan goed dankie, maar daar is iets waaroor ek met jou wil praat."

"Jy klink omgekrap, "vra hy. "Ek moet ook iets met jou bespreek. Kan ons dalk iewers ontmoet?"

"Wat is fout? Het iets gebeur? Hoekom klink jy so vreemd?"

"Jammer Leonie. Ek het 'n moeilike nag gehad. Kan ek jou so 6 uur se kant kom oplaai?"

"Sesuur is doodreg. Ek mis jou. Sien jou dan later."

Toe hy aflui sak sy in 'n stoel neer. Iets groot is fout. Sy weet dit. Sou Adam dalk uitgevind het dat Jako Denver nou net hier was? Maar dis onmoontlik, die vent het nou net hier gery. Sou hy dalk uitgevind het oor die vent se oproep gister? Maar hoe?

"En nou Leonie?" vra Elize versigtig, maar ook verlig dat die gesprek tussen hulle nie verder gegaan het nie. Haar gewete kla haar nog steeds aan oor die gesprek wat sy met Adam oor die foon gehad het.

"Ek weet nie ma, maar hy klink so moeg. Dalk het hy net 'n moeilike dag by die werk."

Elize voel soos 'n skurk, maar sê nou haar voorgevoel oor Adam is reg?

Adam besef hy sal eers met Willem moet praat voordat hy die nuus aan Leonie oordra. Dit gaan haar hart breek en sy het juis omgekrap geklink. Sy gaan haar pa nodig kry hierna.

Met 'n diep sug gaan sit hy en skakel vir Willem.

"Willem Verster," antwoord hy saaklik.

"Meneer Verster..." Adam voel skoon vreemd om met hom te praat, dit voel net anders nou dat hy weet wie Willem Verster eintlik is.

"Hallo Adam, hoe gaan dit. Ek is bly om jou stem te hoor. Waarmee kan ek help?"

"Is dit moontlik dat ek u gou kan kom sien," val Adam met die deur in die huis.

"Natuurlik...Dit klink gewigtig. Ek het geen ander afsprake vir die dag nie. Wat van oor 'n uur?"

"Dankie, dit sal doodreg wees, sien u dan oor 'n uur."

Adam ry met gemengde gevoelens. Hy weet nie presies hoe hy die nuus gaan oordra nie. Van vandag af gaan alles verander. Leonie is nou sy suster en Willem Verster sy pa. Elize Verster sy stiefma. Willem kan dalk ontken dat hy sy pa is, want hoe sou hy ooit geweet het. Sy ander bekommernis is, hoe gaan dit die verhouding tussen Willem en Leonie en Elize beïnvloed. Aanvanklik gaan dit 'n skok vir almal wees.

Willem Verster stap hom tegemoet toe hy voor Winstra Logistics stilhou.

Vandag kyk Adam op 'n ander manier na die man wat hom tegemoet stap. Vir die eerste keer merk hy die selfversekerde stap en die grys langs sy slape.

Adam neem die koevert langs hom op die sitplek en klim uit sy motor. Hy het die paar foto's laat druk en die 2 briefies ook saamgebring.

"Dagsê Adam, lekker om jou weer te sien. Hoe gaan dit? En hoe gaan dit met die besigheid? Jy lyk bekommerd, dalk kan ek help."

"Dagsê Meneer Verster. Die besigheid is stadig maar seker besig om op te tel danksy u barmhartigheid."

"Bly om dit te hoor. Jy het maar bekommerd geklink vroeër en dit lyk of jy 'n swaar las dra. Is dit Leonie, het iets gebeur?" Sy eerste gedagte is dat dit dalk iets te doen het met Jako Denver wat skielik weer uit die bloute by Leonie opgedaag het.

Adam knik. Hoe gouer hy hierdie ding van sy hart af kry hoe beter. Wat ook al hieruit gaan voortspruit sal hy moet hanteer. Sy grootste bekommernis is hoe Leonie dit gaan hanteer, sy het self vreemd geklink toe sy gesê het dat sy iets met hom wil bespreek. Sou dit dalk iets met Elize Verster se houding jeens hom te doen hê?

"Dit raak haar ook Meneer Verster."

"Noem my asseblief Willem. Ons is mos vennote. Het Leonie dalk met jou gepraat oor die Jako Denver vent?"

Dit bring Adam vir 'n paar oomblikke van stryk. Die noem van die man se naam ontstig hom.

"Ek glo nie jy het veel om oor bekommerd te wees nie Adam, gaan Willem voort. "Die man het uit die bloute opgedaag met een of ander storie hoekom hy Leonie destyds sommer net so in die steek gelaat het. Kwansuis 'n fout gemaak, maar dit besef hy eers jare later. Ek ken my dogter. Sy sal hom nie weer in haar lewe toelaat nie."

Die nuus ontstel Adam dadelik. Hy het dan van Elize Verster verstaan dat die vent Leonie net gekontak het.

Hy dwing homself om kalm te bly. Dis dalk wat Leonie op die hart gehad het toe hy vroeër met haar gepraat het op die foon. Wat sou die vent se idee wees? Is Leonie nou weer goed genoeg?

"Jammer Adam, dalk praat ek nou uit my beurt uit. Leonie moes self met jou daaroor gepraat het. Ek dink sy sou dit een of ander tyd teenoor jou genoem het. Ek kan sien dit ontstel jou. Ek was onder die indruk dat sy dalk reeds met jou daaroor gepraat het en jy dit dalk met my wou bespreek..."

Adam skud sy kop. "Nee Willem...dis nie waaroor ek hier is nie. Sy het genoem dat sy met my wou praat, maar sy het niks van die Jako vent genoem nie. Buitendien, dinge gaan nou drasties verander. Dis hoekom ek hier is."

Willem frons en nooi hom in die kantoor in.

"Nou is ek eers bekommerd Adam. Wag ek skink vir ons iets sterker. Sit gerus."

"Dankie Willem, bedank hy hom toe hy die drankie voor hom neersit.

"Laat ek hoor!" moedig Willem hom aan en gaan regoor hom sit.

"Dis vir my baie moeilike ding hierdie Willem, maar wat jy ook al hierna besluit. Ek sal verstaan."

"Dit kan seker nie so erg wees nie Adam. Ek belowe ek sal nugter daaroor dink voordat ek 'n sogenaamde besluit neem. As dit oor Leonie gaan, ek weet julle ken mekaar nog nie so lank nie, maar as jy voel..."

"Nee Willem," keer Adam. "Dis nie wat jy dink nie. Dit gaan nie net oor Leonie nie. Ek is baie lief vir Leonie, maar sy is my suster."

"Jou suster?" roep hy geskok uit. Hy sluk sy drankie met 'n paar teue weg en staar na die man voor hom. Hy kyk hom reg in die oë. "Waarvan praat jy? Waar kom jy daaraan? Adam, hier is iewers 'n groot misverstand."

"Dit is ongelukkig waar meneer Verster."

"Adam, met alle respek gesê, ek dink jy het die kat aan die stert beet. Ek vertrou Elize volkome. Jy beter bewyse hê van wat jy nou kwyt raak. Ek was by met Leonie se geboorte, sy is beslis my eie dogter." Hy dink vir 'n oomblik na. "Elize sou nie..." Hy staan op gooi vir hom nog 'n drankie in en bring die bottel saam.

"Mevrou Verster is nie my ma nie. Ek is jou seun meneer Verster. Ek weet dit is vir jou 'n skok, maar dit is die waarheid." Adam se hand bewe toe hy die koevert oor die tafel na Willem toe stoot.

"Wat is dit?" wil Willem weet.

"Dit is die bewyse. Ek wou dit self nie glo nie en het eers gaan soek na bewyse, maar kan dit nie nou meer betwis nie."

Willem sluk die res van sy drankie weg, staar die man voor hom steeds in ongeloof aan. Dan neem hy die koevert, gaan sit weer en trek versigtig die dokumente daaruit.

Die groot man raak stil voor hom. Hy gaan 'n paar maal deur die foto's, tel dan die twee briefies ook op en vou hulle oop. Hy lees daardeur in stilte. Dan vou hy hulle weer op. Sy hande bewe. Hy kry dit nie in die koevert gedruk nie en stoot dit dan onder die koevert in, asof hy dit wil wegwens.

"Hoe lank weet jy al? Hoekom sê jy my nou eers?"

"Ek het dit 'n paar dae terug eers uitgevind terwyl ek besig was om my ma se besittings uit te sorteer. Dis toe ek op die brief van my ma afgekom het. Ek wou dit nie glo nie. Ek het eers bewyse gesoek. Toe ek op die ander halfgeskryfde brief afgekom het, het ek my Tante Rosetta, my ma se suster gekontak. Dis waar ek die foto's gekry het.

Skielik lyk Willem Verster jare ouer. Hy staan weer op, stap met moeisame tree na die venster en skud sy kop aanhoudend.

"Dit moes nooit gebeur het nie, as ek net geweet het. Dus is Rea jou Ma. Hoe kon sy dit van my weerhou? Na al die jare, nou dit."

"Jammer Willem... ek moes dit net van my hart afkry, ek wil nie met 'n leuen saamleef nie.

My grootste bekommernis is Leonie..."

Willem Verster is platgeslaan. Hy gaan sit weer, gooi vir hom nog 'n drankie in, waarvan hy die helfte op die tafel uitstort en skuif die bottel oor na Adam. Adam spring op, haal sy sakdoek uit en vee die vloeistof van die tafel af op.

Willem sak sy kop in sy hande. Vir 'n paar oomblikke sit hy net so.

Die ongemaklike stilte raak byna ondraagbaar vir Adam. Hy kry die man voor hom jammer. Dit was beslis vir hom 'n skok. Wat staan hom nou te doen? Moet hy die res ongesê los en die man, sy Pa kans gee om oor die skok te kom?

Adam staan stadig op, skuif sy stoel terug.

"Waarheen is jy op pad?" vra Willem Verster en kyk op. "Sit, my seun!"

Die toon van Willem se stem, laat Adam besef dat hierdie gesprek nie hier gaan stop nie, maar dit kom nie heeltemal as 'n verrassing nie. Hy het homself in 'n mate hiervoor voorberei. Hy gaan sit weer, gryp sy glas en sluk die vloeistof vinnig weg.

"Ons moet praat Adam. Ek besef die implikasies hiervan terdeë. Ek kan nie glo jou ma het dit van my weerhou nie. Ek bedoel niks teen jou nie. Sy was jou ma en ek kan sien dat sy jou goed opgevoed het. Ek is nie seker hoe jy en jou pa, stiefpa oor die weg gekom het nie. Ek en hy het 'n hele paar onderonsies gehad, maar hy was jou pa. As ek net geweet het. Net soos ek is jy ook onkant gevang. As ek geweet het ek het 'n seun..., maar ten spyte hiervan en die gebeure aan die begin toe ons ontmoet het, wil ek vir jou sê ek is trots op jou. Ek verstaan nou waarom ek die hele tyd gevoel het asof daar 'n konneksie iewers is. Ek het jou besigheid sien groei die laaste paar weke. Ten spyte van jou terugslag het jy die bul by die horings gepak en dit sê iets van jou."

"Dankie Willem, dit was aan jou te danke."

"Ek sou dit nie gedoen het as ek nie vertroue in jou gehad het nie Adam. Dus, wat ons besigheidsverhouding aanbetref, dit bly dieselfde. Ons kan later weer daaroor praat. Dit wat gebeur het, het gebeur en ons kan dit nie wegwens of ignoreer nie. Ek weet nie hoe jy daaroor voel nie. Vir al die jare was ek nie daar vir jou nie, ek sou graag daar wou wees. As jy die boek daaroor wil toemaak en wegstap sal ek verstaan. As jy bereid is om 'n nuwe pad met my te begin stap, is jy welkom. Ek sal nooit kan opmaak vir die jare wat verby is nie, maar ons kan die pad saam begin stap. Die besluit is joune. Ons sit egter met 'n ander groot probleem. Jy weet seker waarvan ek praat, maar vir nou.." Hy staan op en leun oor die tafel na Adam. En steek sy hand uit, "welkom in my lewe, my seun. Sodra jy gemaklik voel, mag jy my pa noem, Dit is as jy wil."

"Dis reg so Willem. Ek sal met graagte 'n nuwe pad saam met jou wil begin stap, maar wat van Leonie, ek weet nie hoe sy die nuus gaan hanteer nie en dan natuurlik mevrou Verster."

"Adam, jy is my seun en dit hoef nie te verander nie. Daar is net een manier om hierdie ding te hanteer. Ons sal maar so gou moontlik hiermee moet deel. Dit is nie 'n maklike ding nie. Dit gaan vir hulle albei 'n skok wees. Leonie gaan platgeslaan wees en Elize, sy gaan dit moeilik hanteer. Die feit is egter, dat nie een van ons daarvoor gevra het nie. Dinge soos die gebeur en almal sal met die tyd daarmee moet begin deel. Dit mag dalk 'n rukkie neem vir almal van ons om hierdeur te kom. Hoe voel jy daaroor Adam?"

Adam sluk aan die knop in sy keel. Vandag sien hy hierdie man heeltemal anders. Willem Verster, sy Pa laat hom nie maklik van stryk bring nie, maar hy besef die besluit berus by homself. Hy kan wegstap uit Leonie se lewe uit, uit sy pa se lewe uit... Hy sien nie regtig kans om die seer in Leonie se oë te sien nie. Vir 'n oomblik wonder hy weer oor Jako Denver ook. Sou dit nie dalk beter gewees het as hy terug kon kom in haar lewe nie. Hy ken nie die man nie, maar soos dinge nou is... Hy sal vinnig 'n besluit moet neem. Leonie gaan dit moeilik aanvaar as hy net so uit haar lewe stap, besef hy. Hy durf nie dieselfde doen as Jako Denver nie, buitendien sal hy dan nooit daarmee kan saamleef nie. Hoe moeilik dit ook al gaan wees, hulle sal 'n middeweg moet vind. Leonie is immers sy suster. Een of ander tyd sal sy dit moet aanvaar. Skielik sien hy haar weer in sy gedagtes soos daardie eerste dag, hoor hy weer haar seer woorde "Jako Denver, ek haat jou!, ek haat jou!" Hoe kon jy, hoe kon jy my net so los? Hoekom!"

Dan wend Adam hom weer na Willem. Hy knik. "Ek stem saam, dis soos u sê, ons het nie hiervoor gevra nie. Hoe gouer ons daarmee deel, hoe gouer kan almal se lewens terugkeer na normaal."

Willem beduie na die deur. "Nou kom ons gaan. Hoe gouer ons dit agter die rug kry, hoe gouer kan ons almal aangaan met ons lewens. Berei jou net voor, Leonie gaan gebroke wees." Hy sug diep. "Ek sal maar sien hoe ek dit gaan hanteer. Ek sal die regte woorde probeer vind om dit aan albei oor te dra."

"Dis reg so, maar ek verwag nie van u om al die verantwoordelikheid op u skouers te neem nie."

"Dankie Adam. Ek respekteer jou gevoel, maar dit is my vrou en my dogter. Ek is nie van plan om jou heeltemal uit te sluit nie. Wat my aanbetref, is jy ook nou deel van die familie. Daarom wil ek hê ons moet saam hiermee deel. Ons sal hulle in die oë moet kyk, maak nie saak wat gebeur nie." Hy gee 'n paar tree nader aan Adam en trek hom teen hom vas. "Ek is bly jy is my seun Adam. Ek wil hê jy moet weet. Dit maak nie saak wat vanaand gebeur nie, maar dit sal nooit verander nie."

Saam stap hulle uit en klim in hulle motors.

Leonie sien eers haar pa se motor en toe Adam sin ingery kom. "Ma, Pa is hier en Adam!" roep sy opgewonde uit. Sy frons. Adam het nie gesê hy kom so vroeg nie, sy is seker hy het gesê hulle afspraak is eers 6 uur vanaand. Dalk het hy besluit om haar te verras.

"Ek wil net gou iets anders gaan aantrek Ma. Ek lyk nie goed nie. Sal Ma asseblief vir Adam solank innooi?

111

ek is nou hier." Alhoewel sy steeds skuldig voel oor die ding met Jako vroeër, bons haar hart in haar. Adam het gesê daar is iets wat hy met haar wil bespreek. Sy steek vas. Sou haar Pa dalk met Adam oor Jako Denver gepraat. Of is dit net toevallig dat hulle saam hier aankom?

"Toemaar! Jou Pa is mos saam met hom, hy sal hom innooi." roep sy terug. Sy sien toe Willem uit sy motor klim en die deur toemaak. Iets is fout, besef sy onmiddellik. Sy ken haar man. Toe Adam ook aangestap kom is dit duidelik dat hulle beplan het om saam hier aan te kom. Sou Adam dalk iets teenoor Willem genoem het oor hulle oproep 'n paar dae gelede?

Sy weet nou nog nie wat haar besiel het nie. Sy sug en stap voordeur toe om hulle te gaan verwelkom.

Eienaardig dat die twee so eenders lyk, dink sy, dieselfde bekommerde trekke. As sy nie van beter geweet het nie...

"Goeie dag Mevrou Verster" groet Adam as Willem hom voor hom by die deur in stuur.

"Goeie middag Adam," groet sy terug maar vermy sy oë. "Leonie is nou hier."

"Dankie Mevrou Verster," knik hy.

"Hallo Willem. Jy lyk moeg, " Sy frons toe sy hom groet en trek haar neus speels op. "Het julle iewers 'n drankie gaan drink?" vra sy. Dis vreemd, dink sy, want Willem doen dit baie selde. Dit laat haar nog meer onrustig voel. Sy kan aanvoel dat iets drasties fout is. Sy kyk vinnig in Adam se rigting, maar hy tuur by die venster uit. Sy het hom dan gevra om niemand van die oproep te vertel nie. Hy het belowe.

"Ja, ons het 'n paar drankies by die werk gedrink voor ons daar weg is. Hy beduie na die stoele "Kom sit eers, daar is iets waaroor ons moet praat. Waar is Leonie, sy moet ook hier wees."

"Sy is net gou kamer toe, sy sal nou hier wees," antwoord Elize en kyk versigtig van die een man na die ander As dit gaan oor die oproep met Adam, gaan Leonie uitvind dat sy Adam agter haar rug gebel het. Sy sluk die knop in haar keel weg, wat het haar besiel? Sy moes geweet het sy kan die man nie vertrou nie.

Leonie kom op 'n drafstap aan, in Adam se arms in, onbewus van wat op haar wag. Adam wou eers keer, maar laat haar begaan toe sy haar arms om sy nek gooi en hom vol op sy lippe soen. "Hallo Adam, dis 'n verrassing." glimlag sy.

"Hallo Leonie, jammer as ek jou so onkant vang. Ek weet ons het ooreengekom op sesuur"

"Toemaar, dis reg so, dis so lekker om jou te sien." Sy gee nou nie meer om wat wie sê nie. "Ek het jou gemis," gaan sy voort, maar sy kan aanvoel dat iets fout is.

Toe sy na haar Pa draai om hom te groet, weet sy iets is fout. Dit staan op sy gesig geskrywe. Adam is ook anders, so styf en haar Pa ook. Sy kyk eers vraend na Adam. Hy lyk duidelik ongemaklik en kyk haar nie in die oë nie. "Adam, is iets fout? Het my pa dalk met jou gepraat oor Jako Denver?" Dis haar eerste gedagte. "Ek sal graag wil verduidelik. Moet asseblief niks daarin lees nie. Hy het net uit die bloute hier opgedaag..."

113

"Sit Leonie my kind, Dit het niks met Jako Denver te make nie, maar iets het gebeur. Dit raak ons almal. Adam my seun, sit!"

Dit neem 'n rukkie voordat sy woorde tot die twee vrouens deurdring, Hulle kyk na mekaar, dan weer vinnig na die twee mans. Willem bly stil, laat sak sy kop en laat hulle vir 'n paar oomblikke aan hulle eie gedagtes oor. Hy gaan nie doekies omdraai nie.

"Ja julle het reg gehoor," gaan hy voort. Adam is my seun..."

Ongeloof staan duidelik op albei vrouens se gesigte geskryf.

Elize spring op. "Jou seun! maar hoe is dit moontlik!" roep sy uit.

"Wat bedoel pa? Daar is beslis iewers 'n misverstand, waar kom pa daar aan?" roep Leonie geskok uit.

"Willem! Waarvan praat jy. Hoe is dit moontlik?" Elize se oë is beskuldigend op hom gerig.

"As hy pa se seun is, dan is hy my broer...!" roep Leonie uit. Sy kyk na haar ma. "Ma!"

Elize haal haar skouers op en kyk vraend na Willem. "Willem! Is dit hoekom jy hom hulp aangebied het met sy besigheid. Hoe lank weet jy al?"

"Nee Elize, maar dis waar. Adam is my seun, my bloed, maar ek was tot vandag toe nie daarvan bewus nie.. Hy sit die koevert wat hy in sy hande hou op die tafel voor hom neer.

Leonie spring op. Sy klou vas aan die leuning van die stoel en staar hulle albei in ongeloof aan. "Dit kan nie wees nie. Adam! Sê vir my dis nie waar nie! Dit mag nie wees nie."

Adam se hart krimp in een. Die verwilderde kyk in haar oë is byna vir hom te veel. Hy sug. "Dis ongelukkig waar Leonie. Ek is jou broer. Ek het 'n paar dae terug op 'n brief van my ma afgekom. Dit was tussen haar goed. My naam was daarop. In my hart het ek so gehoop dis nie waar nie, dat daar dalk 'n ander Willem Verster is.... Ek wou dit nie glo nie en het bly bewyse soek. Ek wens dit was anders. Dis alles daar in die koevert."

Leonie bars in trane uit. "Dit kan nie wees nie. Dit mag nie wees nie!" roep sy uit. "Ek is lief vir jou Adam, maar op 'n ander manier!" Met die woorde spring sy op en hardloop die gang af na haar kamer toe.

Adam staan op. Hy stry teen die begeerte om agterna te hardloop. Die seer ruk hier binne in hom. Hy wil haar gaan troos soos daardie eerste dag daar onder die boom, haar verseker dat alles sal uitwerk, dat hy steeds bly is dat sy, sy suster is, maar hy verstaan ook haar seer. Dieselfde seer wat hy nou al 'n paar dae in hom dra. Dis nog steeds vir hom moeilik om dit te aanvaar. Hy het haar nou vir altyd verloor, sal sy ooit daarmee vrede maak dat hy haar broer is?

Skielik dring dit tot Elize deur. Natuurlik! Dis geen wonder dat sy oomblikke gelede verwonderd gestaan het oor die ooreenkoms tussen die twee toe hulle saam na die voordeur toe aangestap gekom het nie en dit was nie die eerste keer dat sy so gevoel het nie, maar hoe is dit moontlik? Hoe het dit gebeur?

"Leonie!" roep Elize. Daar is 'n snik in haar stem. "Kom asseblief terug my kind?"

"Jammer mevrou Verster" vra Adam weer om verskoning. "Ek is regtig jammer hieroor. Ek wou dit ook nie so hê nie. Dis dalk beter as ek nou gaan. Sê asseblief vir Leonie ek is regtig jammer. Sodra sy beter voel is sy welkom om my te skakel as sy wil. Of wanneer sy kans sien. Ek sou graag wil hê dat ons twee ook hieroor moet praat."

Elize bly Adam 'n antwoord skuldig en haas haar agter Leonie aan. Sy verstaan nou die voorgevoel wat sy die hele tyd gehad het oor Adam Verster. Hierdie ding vat ook aan haar, dit maak seer, maar sy het nie die reg om vir Willem of Adam kwaad te wees nie, want vir jare loop sy ook met haar eie donker geheim binne haar rond. Sy moes Willem en Leonie lankal die waarheid vertel het, maar sy het bly uitstel. Dit gaan vir albei nog 'n skok wees."

"Sit Adam" keer Willem. "Los hulle maar eers. Leonie is baie ontsteld en Elize ook. Kom ons gee hulle kans om dit eers te verwerk. Daar is niks wat ons nou kan doen nie."

Willem en Adam sit 'n rukkie in stilte, elkeen besig met sy eie gedagtes. Later kom Elize en Leonie terug gestap. Albei se oë is rooi gehuil.

Willem kyk op. "Ek is so jammer Elize, as ek maar geweet het" begin hy.

Elize stap nader aan hom en plaas haar hand op sy skouer. "Ek vergewe jou Willem, maar daar is iets waaroor ons moet praat, iets wat ek al lank in my hart ronddra. Ek het nog nooit die moed gehad om met jou of Leonie daaroor te praat nie. Dit gaan vir jou en Leonie 'n skok wees. As ek dit nie nou van my hart af kry nie, sal ek nooit weer die moed hê om dit te doen nie. Adam, dit raak jou ook. Ek weet ek het nie die verhouding tussen jou en Leonie goedgekeur nie. Ek het die hele tyd hierdie gevoel gehad dat iets gaan gebeur en dat Leonie weer gaan seerkry. Nou verstaan ek waarom. Kom Leonie, sit asseblief, sommer daar langs jou broer. Hy is nie net jou broer nie."

"Wat gaan aan Mammie, wat nog?" vra sy bang.

Adam skuif op en laat haar langs hom sit. Hy brand om sy arm om haar te sit en haar styf teen hom vas te trek. As hy net die seer uit haar oë kan kry, maar dis nie nou die regte ding om te doen nie. Waarvan praat Elize Verster, wat se skok wag nog op hulle, hoe kan dit iets met hom te doen hê?

Almal kyk vinnig op toe Elize voortgaan "Dis vir my ook baie moeilik" Sy gee 'n diep sug, sluk 'n snik weg. "Willem, my man, jy weet ek is baie lief vir jou en Leonie. Julle is my alles. Voordat ek en jy getroud is was ek nog deurmekaar met Theuns Hoffman. Ek onthou nog die eerste dag toe ek en jy ontmoet het, Ek het daar eenkant op 'n bank in die park gaan sit en my hart uitgehuil. My en Theuns se paaie was pas geskei. Jy het langs my kom sit. Toe jy jou arm om my skouers sit en my styf teen jou vasgetrek het, het ek my hart verloor. Dit het so goed gevoel. Later het ons begin gesels. Jy en Rea was ook net uitmekaar. Ons was albei jonk en kwesbaar en het vinnig troos by mekaar gevind. Ek was onmiddellik verlief op jou. Dit was 'n blits romanse en ons is binne 3 maande getroud. Ek is nog nooit spyt daaroor nie, maar daar is iets wat ek nie dadelik geweet het nie en toe ek wel uitvind wou ek jou nie vertel nie, want ek was bang ek gaan jou verloor. Dus het ek besluit om eers stil te bly en dit later met jou te deel, maar ek kon nooit werklik so ver kom nie."

117

Sy huiwer 'n paar oomblikke asof haar moed haar begewe. "Voordat ons getroud was, was ek reeds swanger. Om die waarheid te sê, toe ek jou ontmoet het, was ek reeds 2 weke swanger." Sy begin hardop snik, maar gaan voort. "Willem, Leonie is nie jou biologiese dogter nie. Sy was nie 3 maande te vroeg gebore nie soos ek en die dokter gesê het nie. Ek het die dokter gesmeek om jou nie te sê nie.." Sy kyk op na haar dogter "Leonie, ek is so jammer. Ek moes lankal met jou en jou pa hieroor gepraat het, maar ek was te lafhartig. Vergewe my asseblief as julle kan, ek kan nie langer stilbly nie... Ek is so jammer."

Pa en dogter staar na mekaar, dan na Elize wat met rukkende skouers 'n entjie van hulle af staan.

"Willem spring op. Wat se nonsens praat jy nou Elize...?" vra hy geskok.

"Mamma!" roep Leonie vraend uit.

"Dis die waarheid!" verseker Elize hulle voordat sy skuldig haar kop laat sak en omdraai om weg te stap. Sy wil net vlug en nie die seer in hul oë sien nie, gaan hulle haar ooit vergewe hiervoor?

"Wag Elize!" roep Willem haar terug.

Dit neem 'n paar sekondes voordat Leonie besef wat so pas gebeur het. Die oomblik toe dit insink, storm sy op Adam af. "Jy is nie my eie broer nie!" roep sy uit en gooi haar arms om sy nek. Op hierdie oomblik maak niks anders meer vir haar saak nie. Sy klou styf aan hom vas. Sy het hom so amper verloor.

Adam is nog besig om dit wat hy so pas gehoor het te verwerk. Nou verstaan hy waarom Elize gesê het dat dit hom ook raak. Hy gryp haar styf in sy arms vas. "Leonie, my skattebol.." prewel hy.

Willem keer vir Elize voor, staan nader en slaan sy arm om haar rukkende skouers. "Bedaar asseblief my vrou. "Ek vergewe jou. Buitendien, hoe kan ek dit teen jou hou na alles wat vandag gebeur het. Ek het Leonie soos my eie groot gemaak. Sy is my dogter en ek is baie lief vir haar. Vir my sal sy altyd my dogter bly. Om eerlik te wees, daar was 'n tyd toe ek daaroor gewonder het, maar omdat jy niks gesê het nie, het ek aanvaar sy is my eie dogter. Wat maak dit nou saak? Dinge gebeur soms met 'n doel. Kyk!" sê hy harder. "Kyk na die kinders..." Die groot man vee die paar trane wat oor sy wange biggel met die agterkant van sy hand af. Hy trek sy vrou styf teen hom vas en glimlag deur sy trane as hy Leonie se stralende gesig sien. Hoe lank het hy begeer om haar so gelukkig te sien?

"Leonie, Adam? Kom staan hier by ons," nooi hy aangedaan.

Elize glimlag ook deur haar trane toe hulle nader kom. Dis 'n groot ding wat nou van haar hart af is. "Welkom tuis Adam" sê sy sag en druk die twee jong mense styf teen haar vas. "Jammer, oor die oproep van nou die dag," fluister sy in Adam sê oor.

"U is vergewe, Ma" fluister hy terug en slaan sy ander arm om haar. So staan hulle al 4 vir 'n paar oomblikke saam. 'n Nuwe gesin.

Geagte Leser,

Ons hoop dat u ons boek geniet het en dit boeiend gevind het. U terugvoer is baie belangrik vir ons en vir toekomstige lesers.

Ons sal dit baie waardeer as u 'n paar oomblikke kan neem om 'n resensie op Amazon te skryf. U mening help ander om ingeligte besluite te neem en dit help ons om beter te verstaan wat ons lesers waardeer.

Baie dankie vir u ondersteuning!

Vriendelike groete,

Die Malherbe Span